流星の山田君
— PRINCE OF SHOOTING STAR —

contents

目覚め 10

山田一郎、大地に立つ 24

流星 34

喰人鬼が支配する世界 48

天雷の魔弾 64

魔神召喚——「ライダー」 73

覇者の降臨 82

覇者の進軍 95

狂乱への序曲 115

接近 131

蹂躙する者 141

上下の世界 156

生存者 175

繋がる世界 184

接敵 194

蜘蛛の糸 209

後始末 222

転変 238

刻印の少女 258

王子の幻影 266

選定の箱 280

ハイランド 296

真実の口 306

流星の王子様 320

前日譚／止まった部屋 336

書き下ろし SS 木漏れ日の下で 341

あとがき 347

イラストレーターあとがき 350

これは、僕と〝君〟の物語――

目覚め

――最優先保護対象、ヒトを発見。
――生命反応微弱。ナノマシン注入。
――古代の病魔、パターン345632B5を発見。駆逐完了。
――ナノマシン、排出。

一郎の意識に、そんな機械的な声が混じる。
まだ頭はボーッとしたままであり、眠気と現実が入り混じっていた。
(あれから、どれくらいの月日が経《た》ったんだろうな……)
――およそ5億7000万年が経過。
(ははっ、そりゃ良いや。地球もさぞかし、発展したんだろうな)
たゆたう夢の中で、一郎が微《かす》かに笑う。
本当にそれぐらいの年月が経っていれば、医学も相応に発達しているだろうと。

だろうと思ったが、夢のある話ではあった。

一縷《いちる》の望みを賭け、コールドスリープ装置へと入った身である。流石《さすが》に5億うんぬんは言いすぎ

——地球は既に壊滅。現在は別惑星745RTに存在。

しかし、次の声は更に現実離れしたもの。所詮は夢か、と一郎は軽く笑う。

(壊滅ね……なら、生まれ変わったら病気とは無縁の存在になりたいもんだ)

——了承。あらゆる病魔を駆逐する強靱な肉体を構築します。

能力「健康体V」を付与。能力「ALL777」を付与。

(ついでに、来世では超絶なイケメンになりたいんだが……)

——了承。異性を虜《とりこ》にする能力を付与します。

能力「流星の王子様V」を付与。

(うはは、流星の王子様って……カレーじゃあるまいし)

次々と願いを叶える声に、脳内で一郎が吹き出す。何でもかんでも肯定してくれる奇妙な声に、

調子に乗って更に厚かましい願いをぶつけてみる。

(後は出来れば、石油王の家に生まれたいな)

——了承。金満家と判断。全階層で一定の価値を持つ砂金を付与します。

(他にも空が飛べたりとか、魔法が使えたりとか)

——了承。現惑星における、全刻印を付与します。

（後は、そうだなぁ……身の回りに大勢の部下が居て、面倒な事をやってくれたりとか）

――了承。最優先保護対象の中に強い欠片を発見。「魔神召喚Ｖ」を付与。

（……えっと、たまには断ってもええんやで？）

――ヒトの保護、願いは最優先事項です。

夢とはいえ、流石に気が引けてきたのだろう。

一郎が遠慮がちに思うも、返ってきた答えは実に頼もしい内容であった。

まるで、全てを包み込む母親のようである。

（君、ウチのオカンより優しいよな……これが噂のバブみか）

――当知能は母親には該当しません。

（オカンって呼んでいい？）

――拒否。

一郎が夢の中（？）で遊んでいる間も、どんどんと時間は過ぎていく。

それから、どれくらいの長い年月が過ぎたのか――最早、万能の願望器に近いと言えるＡＩすら寿命を迎えた時、一郎の意識がようやく目覚めた。

最初に感じたのは浮遊感。

そして、何処かへ運ばれているような音。一郎は目を開けようとしたが、長い眠りについていた瞼《まぶた》はそう簡単には開かなかった。

(夢、なのか……それとも、俺は死んだのか)

体を動かそうにも、指一本動かない。かろうじて、人の声らしきものを耳が拾う。

「議長に連絡を?」

「そんな時間はありませんよ。私の独断で、転移装置を起動させます」

周囲がバタバタと動き回り、慌《あわただ》しさを増していく。

一郎はそれらの声を聞きながら、襲いくる眠気に意識を手放した。

次に目覚めた時、目の前には白い世界が広がっていた。

天井も、壁も、見慣れない流線形のベッドも、視界に入る全てが白い。

(何だ、ここ……病室か?)

一郎がそう思ったのも無理はない。部屋の中にはロクに調度品すら置かれていなかったが、独特の静けさと白さが否応なしに見慣れた病室を連想させたのだ。

体を動かそうと首を持ち上げると、そこには驚愕《きようがく》の光景が広がっていた。

枯れ枝のように痩せ細っていた両腕が、元に戻っている。見る影もない状態であった体も、見事に引き締まった肉体へと変貌していた。

慌てて頭に手をやると、そこにはしなやかな髪まである。

(何だ、これ……本当に俺の体なのか!?)

一郎はかつて、健康診断でガンが見つかり、そこから人生が一変してしまったのだ。

体に重い負担をかける治療、入退院の繰り返し。10年近い闘病生活の間に、髪などは綺麗に抜け落ちてしまった。体のあちこちにも無数の手術痕が残されており、こんな傷一つない体を見ていると、とてもではないが、自分の体とは思えない。

絶え間ない頭痛や、骨が鳴るような全身の痛みまで消えている。

（病気が、治った……？　俺は、本当に未来へ来たってことなのか？）

普通に考えれば、そんな映画やゲームのような話はありえない。

しかし、呼吸をすれば肺が動き、心臓も確かに動いている。

五感の全てが、現実であると強く伝えてくるのだ。

（もしかして、生まれ変わった…………とか？）

輪廻転生、などの単語が頭に浮かぶものの、それなら赤ん坊の姿でなければならないだろう。

この肉体は、どう考えても青年と呼べる年代のものであった。

（……ってか、何で全裸なんだよ！）

病室に居るのはいい、寝ていたのも構わない。

しかし、全裸である必要は何処にもない筈《はず》であった。

しかも、下半身を見ると愚息が雄々しく屹立し、激しく自己主張を行っている。これが本当に数億年ぶりの目覚めであるなら、ギネス級の朝勃ちであった。

「ちょ……落ち着け、マイ・サン《我が息子》！」

一郎が慌てて素数を数え、深呼吸を繰り返す。

そうこうしている内に、部屋の中にノックが響く。小さく「どうぞ」と伝えると、そこには予想通り、医者を思わせるような白衣を着た男が立っていた。

(外国人……？　ここは、外国の病院なのか)

その男の肌は白く、金髪であり、目まで青い。

どう見ても、日本人ではなかった。

「目が覚めたようですね」

その口から、流暢な日本語が出たことに一郎はホッと一息つく。

目覚めて早々、通訳が要る会話など御免であった。

「え、ええ……その、ここは病院ですか？」

「病院、ね」

何が可笑《おか》しいのか、男はくすくすと笑い、形容し難い視線を一郎へと向けた。

そこには哀れみや同情、強い警戒などが混じっている。男はおもむろに手にしたノートを広げたかと思うと、よく分からないことを口にした。

「結果は決まっているのですが、幾つかヒアリングしたい」

「え、ええ……俺も聞きたいことが」

「シャラップ――！」

一郎の言葉を遮るように、男が言い放つ。その偉そうな態度に一郎はムカっとしたが、ひとまず不満を飲み込み、相手の言葉を聞くことにした。

「あれだけの母船《マザーシップ》だ。君は、何を願った？」

「はぁ？」

「観測者は、あれが〝最後の船〟だと言っていてね。古の神々の言葉を借りるなら、君は母船が運んできた最後の異物というわけだ」

「えっと……さっきから何を言っているんですかね⁇」

混乱する一郎を尻目に、男はサラサラと手馴れた手付きでノートに何かを書き記していく。

ロクな説明もなしに、一方的に質問するつもりらしい。

「悪いんだけど、こっちの質問にも答えて欲しい。ここは何処で、あんたは誰だ？」

「何処、ね……ここは一〇三階層。世界から切り離され、時が止まった場所ですよ。我々は、ここを幻想郷《アヴァロン》と呼んでいる」

「ちょっと何言ってんのか分かんないです」

そんな返しにも、男は薄笑いを浮かべるばかりであった。一郎の中で段々、目の前の男は只の狂人ではないのか、という思いが込み上げてくる。

「えと、ここは１０３階ってことでいいのか……？　随分と高いビルなんだな」

「ビル、ね。とても愉快な発想だ。一つの階層を一つの世界とするなら、ここは１０３番目の世界ということになる」

（ヤベェ……こいつ、危ねぇ薬でもキメてんのか）

何を聞いても、返ってくるのは意味不明な言葉ばかりである。

「そ、それで、あんたらはここで何をしてるんだ？」

相手の様子を窺《うかが》うように、一郎は無難な質問をぶつけてみる。狂人相手に迂闊なことを口にすればば、何をしてくるか分からない。

男は呆れたように溜息を吐《つ》き、髪を弄りながら答える。

「我々は大戦から逃れ、悠久の時を生きている。ここでは、生命は不変だからね。それで、君が何を願ったのか聞かせてくれたまえ。ま、おおよその見当は付くが」

男は一郎の全身に目をやり、せせら笑いを浮かべた。

外国人特有の、両手を広げてやれやれ、といったポーズ付きだ。一郎はムカムカしながらも、この面倒な問答を早く終わらせようと記憶を探る。

（願いって、〝オカン〟と交わした会話か？　あんなの、只の夢だしな……）

永い眠りの中で、幾つか厚かましい願いをしたことを思い出す。とてもではないが、他人に堂々と言えるような内容ではない。

（でも、あのやり取りに何らかの意味があったとしたら……？）

病気が治っていることや、この逞《たくま》しい肉体にも説明がつく。

「ま、まぁ……健康になりたいとか、そんな事を願った気がしないでもない」

「健康、ね。他にもあるのでは？　例えば、女にモテたいとかね」

「な、何のことやら……」

「これを見たまえ」

男は何処からか突然、大きな鏡を取り出す。

いきなり現れた鏡にも驚く一郎であったが、その中に映る自分の姿に衝撃が走った。

そこに映っているのは、悔しくなってくるような美貌の男。

流れるような黒髪に、視線だけで女を落としてしまいそうな、冷たくも妖しく光る瞳。

贅肉《ぜいにく》など少しもない、引き締まった肉体。腹部も見事なまでのシックスパックである。

年齢も10代にしか見えず、間違っても山田一郎の容貌ではなかった。

(誰だ、こいつ……殴りたくなるようなイケメンなんですけど!?)

一郎の混乱をよそに、男は呆れたように笑う。

「全く、俗物というべきか、平和な時代に生きていたというべきか」

(こいつ、いちいち腹の立つ奴だな！)

「君のステータスは全て１。眠った年代は推定で２０１７年。そこまで古い時代であれば、そんな平和ボケとしか思えない願いをしてもおかしくはないが……」

(ステータス？　こいつ、さっきから一体……)

一郎の中で、むくむくと疑問が沸き起こる。同時に、目の前の男が抱いている勘違いや侮りをそのまま利用することにした。

男のせせら笑いに、開き直ったように言い放つ。

「悪いかよ。他にも『石油王の家に生まれたい』とか願いましたけど、何か？」

「あっはっはっ！　呆れた男だな、君は！　これが最後の漂流者とは！」

男がとうとう、膝を叩いて笑い出す。

何処か警戒していた目付きが、今では完全にピエロを見ているようなものへと変化した。

（精々、笑ってろ……とにかく、情報を集めないとな）

他にも厚かましく願ったものがあったが、それに関しては口を噤《つぐ》む。何も分からない状況では、馬鹿にされ、侮られていた方がまだしも安全だと考えたのだ。

「下は魔物の巣窟だが、君の厚かましさなら、放逐しても暫《しばら》くは生きていけるかも知れんな」

「放逐？　魔物？」

聞き逃せない単語に、一郎の目が光る。放逐などと言われても、ここが何処であるのかすら分かっていないのだ。

目の前の外国人を見ている限り、ここが日本であるのかどうかすら怪しい。

「ここは、永久に不変でなければならない。君の存在は――――危険だ」

それだけ言うと、男はおもむろに手を叩く。

途端、銃器を持った数人の屈強な男が部屋に入ってきた。

「おいおい、何をするつもりだ!?」

「奴らに嗅ぎ付けられては、面倒なのでね。事は急を要する」

まるで、囚人か何かのように引き立たされ、一郎は慌しく何処かへ連行されていく。

「ちょっと待てよ！　ここは何処なんだ！　日本じゃないのか!?」

「いやはや……君と話していると、石器時代の人間と会話をしている気分になるよ」

部屋の外は近未来を思わせる廊下が広がっており、まるで宇宙船の内部のようであった。

一郎からすれば、何から何まで分からないことだらけである。

「おい、今は何年なんだ？　それぐらい教えてくれてもいいだろ！」

「言った筈ですよ。ここでは時が止まっている、とね」

男は答えにもなっていない答えを返し、巨大な魔法陣が描かれた部屋へと入っていく。部屋の内部には巨大なケーブルが地を這うように幾つも敷かれ、中央の魔法陣へと続いていた。

機械的な何かと、黒魔術的な何かが混じった、気味の悪い部屋である。一郎は銃を持った男たちに急かされ、魔法陣の上へと追い立てられていく。

「お、おい……妙なミサとか、儀式でもはじめようってんじゃないだろうな？」

「生憎《あいにく》、そんなことをしている時間はなくてね。剣と魔法の世界へようこそ――色男クン？」

魔法陣が淡い光を放ち、部屋の中が閃光に包まれていく。地面のケーブルが激しく振動し、中央の魔法陣に何かを送っているようであった。

一体、何が起こっているのかサッパリ分からず、一郎はとうとう叫ぶ。

「お前ら、マジで何してんだよ！　意味が分からないんですけど!?」

「楽園から、最下層への追放さ」

「何が追放だ、馬鹿野郎！　てめぇ、ドラッグ切れて幻覚でも見てんのか！」

その言葉を最後に、魔法陣が大きな光を放ち、一郎の姿を掻《か》き消した。

男は暫く無言で佇《たたず》んでいたが、一郎のことなど忘れたように歩き出す。これから、一連の騒ぎを最高評議会で説明しなければならない。

銃を持った男たちも、慌しく男の背を追う。

その中でも隊長格の男が、恐る恐る白衣の男に問いかけた。

「よ、良かったのでしょうか……？」

「何がです？」

「その、この場で始末した方が、と愚考致しまして………」

「まさしく愚考ですね。考えてもみなさい、ここは永久に不変の場所なのですよ？　ここで、命が消えるなどありえない。それは、大きな変化だ」

「な、なるほど……」

「連中の鼻は鋭いですからね。特に、〝漆黒の霧〟は活動を停止していない」

「ぎゃ、逆にここに置いてやるという選択肢は……」

「増える、というのも立派な変化ですよ」

「た、確かに……！」

男は面倒そうに告げ、足早に廊下を進んでいく。

この後に待っている会議でも、同じような説明を繰り返さなければならないだろう。

（ですが、これで最後の懸念も片付いた……）

男が安堵《あんど》したように笑い、その笑いは徐々に哄笑《こうしょう》へと変わっていく。

この時の彼はまだ、知らなかったのだ。

先程、追放した男が――後に、「流星の王子様」と謳《うた》われ、この世界を根底から揺るがす存在になっていくことを。

一方、追放された一郎は不気味な薄暗い空間の中に居た。

辺りには酷い悪臭が漂っており、明かり一つない。

（クソ！　何処だよ、ここは……目覚めたばっかだってのに……！）

次第に目が暗闇に慣れてきたのか、視界に飛び込んできたものは一面の残骸。

ゴミ、ゴミ、ゴミ、ゴミ、まるでスクラップの山であった。

一郎の頭に、白衣を着たいけ好かない男の声が蘇る。

――楽園から、最下層への追放さ。

先程までの近代的な施設を思えば、確かに最底辺とも言える場所であった。

辺りに漂う悪臭のせいで、まともな思考すら出来そうもない。

「何だよここ……くさっ！　もう一回、くさっ！」

ゴミ山の中で、全裸の男が同じ台詞を二回叫ぶ。その光景は何処までもシュールだ。

よもや、このふざけた男が不世出の大英雄として、遥か遠い「地上」に到達するなど、神ですら予想出来なかったに違いない。

「くさっっ！」

まだ言っていた。

（これの何処が、剣と魔法の世界だよ……）

辺りには曲がったスコップや、ケーブル、ガラスの破片、黒ずんだ植物、人や動物と思わしき骨などが無造作に散らばっている。

まるで、夢の島を思わせるような〝大量のゴミ捨て場〟であった。剣や魔法、などといった夢のあるファンタジー世界とは程遠い光景である。

「これ、何の機械だ……？」

細長いカプセルのようなもの、四つ足の獣のような形をした機械、巨大な円盤のようなもの。

朽ち果てたそれらを見ていると、何やらSF映画のワンシーンのようでもある。

中には機械と生物が混ざり合った合成獣《キメラ》のようなものまであり、大きなものだと、三階建てぐらいの大きさのものまで鎮座している。

一郎が生きていた時代には、こんな機械など存在していなかった。

「UFOみたいなのまであるしな……ここは、本当に未来だってことか？」

話しかけるも、機械は何も答えない。

既に寿命を迎え、その役目を終えたのだろう。機械の一部にはキラキラと光る鏡のような部分があり、一郎は改めて自らの姿を確認する。

「洒落にならんイケメンだな……我ながら酷ぇわ。色んな意味で」

何度見ても、そこに映っているのはクールな王子面をした男。少女漫画や、乙女ゲーなどに出てきそうな存在であった。

「そりゃ、確かにイケメンにしてくれとか、金持ちにしてくれとか言ったけどさ……」

それらは無論、冗談の類だ。多くの一般人が、「今年こそ、宝くじが当たりますように」などと願うようなものであって、そこに他意はない。

（本当に、願いが叶ったたってことかよ……？）

でなければ、こうして立っている事すらできなかったであろう。

一郎がコールドスリープに入る前は、既に寝たきりで動く事もできなかったのだから。

先の見えない、長く、苦しかった時間を思い出し、一郎は暫《しば》し無言で佇む。

その頭に浮かぶのは――――徐々に、動かなくなっていった体。

抗がん剤により、少しずつ失われていった味覚。最後には噛む力すら失い、液体しか喉を通らなくなった地獄の日々であった。

（ジロー……俺はまだ、生きているぞ）

いつも怪しい研究をしていた悪友を思い出し、一郎の目に涙が浮かぶ。半ば、一郎を強引に装置に叩き込んだ張本人であり、装置の製作者でもある。

（あいつは最低でも百年は目覚めることはない、とか言ってたけど……）

その言が正しいのであれば、同い年であった山本はとうに墓の下に入っているだろう。

もう会うことも、感謝を伝える事もできない。

「……とにかく、この場所から離れないとな。服も探さないと」

一郎がそう呟《つぶや》いた時、目の前に半透明のスクリーン画面が映し出される。

そこには、ゲームさながらの項目が並んでいた。

「嘘だろ……まだ寝惚けてるのか、俺は……」

スクリーンには時刻や所持品、ステータスや能力などの項目が並んでいる。

（何だよ、これ……）

一郎は確かめるように所持品の項目を指で押してみると、更に別のウインドウが開く。

その中の防具という項目に、一つだけアイテムが記されていた。

「星霜《せいそう》の天照《あまてらす》……？　何だ、この仰々しいネーミングは」

恐る恐る押してみると、全身が眩《まばゆ》い光に包まれ、自動的に服を纏《まと》っていた。

その奇抜なデザインに、一郎は慌てて鏡の前で自分の姿を確認する。

「待てまてマテ！」

それは服の随所に金銀の飾りが鏤《ちりば》められた、純白の軍服であった。

右肩からは半身を覆うような真紅のマントまでかけられており、どんな舞台俳優でも着るのを躊躇《ためら》うであろう、超ド派手な格好である。

「こんな格好、無理だろ！　何処のコスプレイヤーだよ！」

一郎が喚《わめ》くも、他に服はない。

しかも、憎たらしいくらいにその軍服が似合っていた。

頭に被っている軍帽も、その容貌を一層引き立てている。

「くそぉ……何で俺がこんな格好を……。まさか、これが流星の王子様とかってやつか？」

来世はイケメンで頼む、などと冗談半分で言ったものが、今になって蘇る。

この姿を見ている限りでは、確かに王子様と呼ばれてもおかしくない。

「ちょっと、待てよ……俺、他にも石油王だとか何だとか」

世迷言、としか言いようがない願いの数々を思い出し、一郎は軽い眩暈《めまい》に襲われた。

「まさか、手から石油を出せるとか言わないだろうな。石油業界に暗殺されちまうぞ」

恐る恐る掌を見つめると、そこには石油ではなく、眩い砂金が次々と生み出された。

惜しげもなく生み出される金の粒が、無造作に地面へと零《こぼ》れ落ちていく。

「おいおい！　何処のインチキ超能力者だよ！」

止まれ、と必死に願うと砂金の生産が止まったが、薄暗いゴミ捨て場の中で一人、ド派手な軍服を着て砂金を生み出しているなど、完全に馬鹿の極みであった。

「どうすんだよ、これ！　一人で珍百景じゃねぇか！」

掌から砂金を生み出す人間など、色んな意味で牢獄にぶち込まれるであろう。どれだけ楽観的に考えても、真っ当な人生が送れるとは思えない。

「と、とにかく、これは封印しよう……まずは、ここから出るのが先決だしな」

遠くに目をやるも、暗くて良く見えない。その上、物音一つしない。

まるで、この場所は停止した空間であった。

あまりの暗さに一郎が諦めようとした時、その視界が突然開ける。

――星視《スタービジョン》発動！

「何だこれ……急に明るくなったぞ！」

それは、「流星の王子様」を導く光――

どんな暗夜の中にあっても、正常な視界を保つ事が出来る能力である。

今の一郎には知る由もなかったが、盲目などの状態異常も無効化し、遠くの物を見る際にはズームアップする事も可能な能力であった。

「これ、は……」

しかし、視界が開けた事によって、ここが異常な場所なのだと再認識してしまう。

ゴミ捨て場と言うよりは、様々な残骸たちが眠る「墓地」のようであった。

「早く……出ないと、な」

ここで騒ぐのは、何やら神聖な場所を汚しているような気がして、一郎は早々に立ち去ろうと決意する。とはいえ、出口が何処にあるのかなどサッパリ分からない。

星視を駆使し、遥か上空に光を見つけた一郎は、そこを目指すべく動き出す。

「壁でも見つけて登っていくか？　どうせなら、空でも飛べたら良いんだが」

――鳥の飛行《フライト》　発動！

一郎が益体もない事を呟いた時、その体がフワリと浮き上がった。

その、ありえない現象に頭が真っ白になる。

「俺の体が、浮いてる件について……」

ふと、一郎の頭に〝オカン〟と交わした会話が蘇る。

寝惚けながらも、「空を飛びたい」などと暢気《のんき》なことをほざいたことを。病室に長く居たせいか、そんな空想をいつも頭に浮かべていたのだ。

（まさか、これもあの時の会話が原因なのか……？　ありえないだろ！）

戸惑いながらも、一郎が懸命に体を動かす。

浮いたり、沈んだり、左右に動いてみたり、それはこの世界における、凄まじい高位魔法であったのだが、一郎はそれを呼吸するように扱う事ができた。

病室で寝たきりであったことを考えると、空を飛び回るなど夢のようである。

「ヤバイ。慣れてくると楽しいんですけど――――！」

調子に乗って様々な動きを試してみるも、一郎が内包する〝気力〟は無尽蔵であり、何処までもその〝遊覧飛行〟を可能とした。

常人がこんな魔法を長時間駆使すれば、たちまち干からびてしまうであろう。

「すっっっご――――い！」

遂に感極まったのか、一郎は何処かのサーバルキャットのような事を叫びつつ、遥か上空の光へと突き進む。

高速で飛翔する一郎を以ってしても、出口は遥か遠く、底知れないものがあった。

「メッチャ遠いんですけど……もう、エベレストとか超えてないか？」

一郎が冗談半分で呟いた内容は、決して間違ってはいない。この墓地から、上の階層までは想像を絶する高さがあり、一度でもここへ落ちれば、二度と戻る事はできない。

しかし、一郎が〝願った力〟は規格外であり、やがて長い闇すら抜けていく。

到達した光の先に広がっていたのは見慣れぬ洞窟と、棍棒を持った化物。

それを前に震える、二人の女の子であった。

（何だあれ？　ゲームで良く見たモンスターみたいだけど……）

そこに居たのは、緑色の肌を持つ魔物。

腰には布らしきものを巻いていたが、知性は感じられない。

一郎は戸惑いながらも、「大丈夫ですか？」と声をかけようとしたが、この男に付与された力は、そんな〝平凡な台詞〟を許さなかった。

――シリウスの火花Ｖ　発動！

目の奥から激しい火花が散り、一郎の視界が真っ白に染まる。

その上、口から意図しない気障《きざ》な言葉が飛び出した。

「――助けが必要かな。お嬢《フロイライン》さん？」

（何を言ってんだ、この口はぁぁぁぁぁ！）

PRINCE OF SHOOTING STAR

キャラクターデータ

名前	山田　一郎
ふりがな	やまだ いちろう
種族	人間
年齢	18歳（中身は30代後半）
備考	資金 ―― 砂金 気力を消費し、 掌から砂金を生み出す。

キャラクタースペック

レベル：777	
体力：77777／77777	
気力：77777／77777	
攻撃：777	魔力：777
防御：777	魔防：777
俊敏：777	

装備／スキル等

武器 ―― 銀河の星剣《ギャラクシーソード》
星をも断ち切る、と謳われた稀代の名剣。
斬撃だけではなく、魔力も底上げしてくれる。
攻撃　＋777　魔力　＋777

防具 ―― 星霜《せいそう》の天照《あまてらす》
金銀が散りばめられたド派手な軍服。
純白を基調とし、右肩からは足まで届くほどのマントが翻っている。
防御　＋777　魔防　＋777

メモ

【能力】―― 健康体Ⅴ
いかなる病魔をも退ける、屈強な肉体。生涯、病院要らずの生活を送る事が出来るだろう。

【能力】―― 流星の王子様Ⅴ
プリンス・オブ・シューティングスター。人を惹き付けて止まない、魅力的な人間となる。主に顔を見られる事によって、能力が発動。Ⅰでもかなりの性能を持っており、カンストであるⅤともなると、それは「魔性」や「化生」と言った類に近い。
尚、同性には効果がなく、人間種以外には全く効果がない。

【能力】―― シリウスの火花Ⅴ
流星の王子様から派生した支援能力。根源の渦《アカシックレコード》から、その場に適した台詞をランダムで言い放つ。レベルの上昇と共に連動力もUPしていくため、双方の能力がカンストしているならば、隙のない厨二生活が約束されるだろう。無論、一郎にとっては迷惑でしかない。発動時、目の奥から激しい火花が散る。

＊注）シリウス――全天21の1等星の一つ。太陽を除けば、地球上から見える最も明るい恒星。ギリシャ語で「焼き焦がすもの」「光り輝くもの」を意味する。

【能力】―― その他、多数
「流星の王子様」には他にも、様々な支援・派生能力が存在している。

【魔法】―― 全刻印を所持
この世界には「火」「水」「風」「土」の四大元素《エレメント》と呼ばれる力が存在する。高い素質を持つ者は「炎」や「氷」などの上位の元素を扱う事も可能。他にも四大元素には含まれない力や、混合されたものも存在する。適性のある者はそれらの「刻印」を体に刻み、気力を消費して「魔法」を使用する事が可能。一郎は全ての刻印を有しており、洒落にならない存在となっている。

【能力値　指数】
Ⅰ ―― その分野を修めたという印。
Ⅱ ―― 達人レベル。その分野で食っていくことが出来る。
Ⅲ ―― 一国に10人と居ない、類稀な才能の持ち主。
Ⅳ ―― その分野における天才。歴史に名を残す。
Ⅴ ―― 生きた伝説。

流星

その日、ミリは最悪の朝を迎えた。

反逆者の死体を墓地に捨てるよう、命令されたのだ。この最下層を支配しているのは人間ではなく、巨大な腕力を持ち、緑色の肌をした喰人鬼《オーガ》であった。

オーガの頭は決して良くないが、その強靱な肉体は生半可な刃など寄せ付けず、時には人を攫《さら》って〝商品〟にしたり、労働力として使う。

オーガだけであるなら、人間も対抗できたかも知れない。

しかし、この階層には彼らを束ねる——一つ目巨人《ギガンテス》まで存在している。

この〝階層〟は、人間にとって地獄そのものであった。

生きるも死ぬも、その生存権を握っているのは、人ではなく〝鬼〟なのだから。

「……ハヤグ、ハゴベ」

「分かってるわよ！」

長い金の髪を揺らし、ミリが懸命に死体を引き摺《ず》る。

その容貌は本来、美人と呼ばれる類であるのだが、顔や髪は煤《すす》け、着ている革鎧も所々が破れてしまい、その美しさも凛々しさも台無しとなっていた。

「ね、姉しゃま、またあそこに行くんでしゅか……」

「……しょうがないでしょ」

隣を歩く、小柄な魔法使いの少女が小さく呟く。

彼女の名はオネア。

二人合わせると、奇しくもミリオネアというパワーワードになるタッグであった。

ミリは腕の立つ剣士であり、オネアも才ある魔法使いなのだが、オーガの大群を前にして、二人だけではどうにもならない。

「姉しゃま、私たちもいつか墓地に捨てられるんでしゅか……?」

「今は従順なフリをして、隙を窺うのよ」

オーガは何でも喰らうため、時には人も食料とするのだが、何故か自分たちに歯向かってきた者は喰らおうとはせず、墓地に捨てる習性を持っていた。

ヘビやフグのように〝毒〟でも持っているると考えているのかも知れない。

「でも、《金の盾》と《風の靴》も上で………」

「余計なことは考えないのっ！」

「一緒に逃げ延びた、《炎の剣》も何処に行ったのか分からないままでしゅ……」

「あー、もうっ！　ぶつくさ言ってないで、あんたも運ぶ！　あと、ずっと嚙んでるからね」

オネアの呟きに、イライラしながらミリが返す。

二人がこんな状況に陥ったのは、一つの依頼が原因であった。

その内容とは、ゴブリンに攫われた女性たちの救出。

ゴブリンの支配地域に飛び込むのは非常に危険なため、４つのパーティーで連合を組んで挑んだのだ。リスクが高い割には実入りが少なく、パーティーの殆どがまだ駆け出しということもあって、熟練の冒険者からは大いに笑われ、馬鹿にされた依頼である。

ミリのように青い理想を抱いて依頼を受けた者も居れば、この難易度の高い依頼を達成し、一躍有名になろうと野望を抱いて依頼を受けた者も居た。

しかし、その結果は――――惨敗。

救出どころか、ゴブリンに包囲され、最下層にまで逃げ延びるのが精一杯であった。

単体で見るとゴブリンは弱い魔物なのだが、集団戦になると滅法強い。

既に二つのパーティーが壊滅し、もう一つのパーティーも消息不明のまま。二人はオーガに捕まったものの、労働力として辛うじて生かされているといった状態であった。

「姉しゃま。やっぱり、あの依頼を受けたのは……」

「間違っていないわ。〝上〟に戻れたら、何度でも挑むから」

キッパリとミリが返す。

彼女は正義感が強く、他の冒険者が避けるような依頼も多く引き受けてきた。

天性のリーダー気質もあって、ルーキーと呼ばれるランクでありながらも、一目置かれる存在であったのだ。こんな窮地の中にあっても、その芯はブレていない。

姉と呼ぶミリの揺るぎない態度に、オネアも勇気付けられたように死体の襟を掴む。

「……鬼だけならっ、オネアの魔法でっ、何とかなったんでしゅが」

「そうね。でも、アレには……」

ミリの頭に、ギガンテスの威容が浮かぶ。「首領級」と呼ばれる、魔物の王とも言える存在。とてもではないが、人がどうこう出来るような存在ではなかった。

討伐を考えるのであれば、一国が存亡を賭けて挑まなければならないであろう。二人が所属する国家、「ローランド」にはそんな力も、度胸もない。

「……とにかく、墓地まで運ぶわよ」

「あそこは臭いし、怖いから行きたくないでしゅ……」

二人がどうにか死体を引き摺り、〝墓地〟へと辿り着く。

入り口には4体のオーガが立っており、警備でもしている様子であった。

「くしゃいですっ！」

「何度きても、嫌なところね……」

陰鬱な空気と悪臭が漂う空間である。

二人は以前にも、ここに死体を運ばされたことがあったのだが、地面に大きく開いた穴は、全てを飲み込む闇そのものであった。

「ズデロ！」

オーガが叫び、二人が男の死体を墓地へと投げる。

落ちていく死体を、ミリは悔しそうな表情で見送った。

放り投げた男は、何処かでオーガに歯向かった勇敢な人物だったのであろうと。ここでは、勇気ある者が早く死ぬ。臆病で、従順な者だけが生き長らえることができた。

そんな生活の先に待っているのは——〝家畜〟となった人間の群れ。

鬼が支配する最下層とは、人間の牧場そのものであった。

（このままじゃ、どんどん気骨ある奴が減っていくじゃない……！）

落ちていく死体を見ながら、歯噛みする。ミリはこの地獄のような最下層から、どうにかして抜け出そうとしているのだが、今のままでは絶望的であった。

（英雄譚《サーガ》のように、都合よく白馬の王子様なんて現れてくれないものね……）

二人がさっさと戻ろうとした時、捨てろと命令したオーガが無言で両手を広げ、道を遮る。咄嗟《とっさ》にミリは身構えた。

「オデ、ハラヘッタ……オマエ、クウ」

「ふっつざけんな！」

「ちょっ、オネアには食べるほどお肉がないでしゅからぁぁ！　姉しゃまの方が太ってましゅ！」

「あんたね……」

オネアの勝手な言い草に、ミリが頭を押さえる。腰に佩《は》いていた剣もとうに取り上げられており、オネアの魔法も杖がなければ威力が激減してしまう。

完全に詰んだ状況であった。

「オヤヅ、アタマカラグウ……」

オーガが二人に近寄ろうとした刹那、大気を切り裂くような飛翔音が響き、墓地から一人の男が飛び出してきた。

「えっ、なに、何なの……？」

「ま、眩しいでしゅ！」

閃光の中、男の姿が徐々に浮かび上がる。

まるで、神話から飛び出してきたような妖しさすら漂う美しい容貌。

軍帽から覗く、濡れたような漆黒の髪。

こちらに向けられたエキゾチックな黒い瞳に、二人は魂ごと吸い込まれそうになった。馬鹿馬鹿しいことに、その背景には七色に輝く流星まで見えたのだ。

魅了、などというレベルではない。次元が違う。違いすぎた。

その男に命も、魂も、目も、意識も、心臓も、何もかも――――二人は一瞬で全てを奪われてしまう。二人の頭に真っ先に浮かんだもの。

それは、〝王子〟という単語以外にありえない。

——助けが必要かな。お嬢さん？

その口から華麗な言葉が紡がれた時、二人の熱狂は頂点に達した。

そんな二人の熱狂をよそに、一郎の頭は混乱しっぱなしである。

目の前に、ゲームで良く見るような魔物が居るのだから、訳が分からない。

二人の女の子も、どう見ても外国人であった。オマケに、普段の自分であれば絶対に言わないで
あろう、気障な台詞まで飛び出す始末である。

だが、オーガは一郎の混乱が収まるのを待ってくれるほど、暢気で優しい魔物ではなかった。

「オマエ、キラキラ。オデ、オマエ、クウ！　オデ、ヒカル！」

(何言ってんだ、このゴリラは！)

ドクン、と——

心臓が強い鼓動を打つ。

それは、恐怖であったのか、何であったのか。

いきなりの食人宣言に一郎が慌てふためくも、その体はフワリと地上に降下し、恐るべき仕草を
取った。

——銀河の鼓動《ギャラクシービート》V　発動！

一郎の体が流れるように相手に半身を向け、左手で顔を覆う仕草を取った。

その指の隙間から、鋭い視線がオーガへと飛ぶ。厨二病で検索したら真っ先に出てくるであろう代表的なポーズ。キング・オブ・厨二あるあるであった。

(何だこれ……何だこれぇぇぇ！)

おもむろに口が開き、勝手な言葉を紡ぎ出す。

次の瞬間、右手が派手にマントを翻した。

「永劫の緋に抱かれろ――――火球《ファイアーボール》ッ！」

(何だこの台詞はぁぁぁ！　やめろぉぉぉぉ！)

心の絶叫と共に火球が放たれ、オーガの全身が炎に包まれた。

その威力はまさに、〝永劫の緋〟と称しても過言ではなかったであろう。

何せ、その魔力は777という馬鹿げたもの。

一流や超一流と呼ばれる存在のステータスですら精々、〝二桁〟である事を考えると、それは人間というよりも、神と呼んだ方が早い。

放たれた火球はオーガを一瞬で炭化させ、分子レベルで溶解していく。

後に残ったのは、僅かな液体のみ。

豪炎と称するに相応《ふさわ》しい火球は、巻き込み事故のように入り口に立っていたオーガまで灰にし、プスプスと黒煙を上げさせていた。これだけでも大惨事であったのだが、付与された能力はまだ暴れ足りないのか、更なる台詞を口にしようとする。

一郎が必死に歯を食い縛って耐えようとするも、「これを言わなければ、お話にならない」と言わんばかりに、スラリと言葉が出た。

――――燃えたろ？

静寂が、世界を包む。

一郎の頭に浮かぶのは、とある格闘ゲームの主人公。

本来であれば、それはノスタルジックな思い出に浸れるものであったが、今はそれどころの話ではない。

「ニンゲン、ナニヲ……ナニヲジダァァァァァッ！」

生き残ったオーガが狂ったように叫び、その迫力に一郎は腰が抜けそうになった。

超大型のゴリラが、自分を殴り殺そうと迫って来るようなものである。

「オマエ、ヅブズッ！　アナニズデルッッ！」

「オツムの足りん畜生風情が、冗談は面だけにしろ――――」

（おい、馬鹿やめろ！　ゴリラ様を怒らすなッ！）

一郎が心中で必死に叫ぶものの、勝手に飛び出す台詞は止まらない。

むしろ、口を開けば開くほど饒舌に、スタイリッシュに、相手を言葉の刃で切り刻んでいく。

オーガは怒りに堪えかねたのか、威嚇するように両手で己の胸を叩きはじめる。

その様まで、ゴリラのドラミングに似ていた。

「オマエ、ゴロス！　ガラダ、グチャグチャニヒギザク！」

「足りない頭で、必死に考えた能書きがそれか――――？」

一郎は何処からか眩い剣を取り出し、その先端をオーガへと突き付ける。

「女に手を上げようとした罰だ――――貴様は極刑に処す」

気障な台詞のオンパレードに、一郎は心の中で転げ回っていたが、後ろから悲鳴のような嬌声が上がった。怒り狂った鬼が一直線に距離を詰め、巨大な拳を振り下ろす――――！

一郎は握った剣を後ろ手に構え、独特のポーズでそれを迎え撃った。その姿勢に、心の中で盛大な突っ込みが入る。

（おまっ、これア◯ンストラッシュのポーズじゃねぇか！）

その頭に、古き良き漫画が蘇る。幼い頃、誰もが一度はあのポーズをしたことがあるであろう。

無論、一郎もその中の一人である。

オーガの拳が凄まじい速度で目前に迫っていたが、一郎の目にはまるで、それがスロー再生のように映っていた。あまりの遅さに、つい他の心配が浮かんでしまう。

（言うなよ！　おまえ、絶対に言うなよッ！）

「アバンストラッシュ――――ッッ！」

（言ってるよ、こいつ！）

音速で振り抜かれた剣が、拳ごと真っ二つにオーガの体を切り裂く。あまりの速度と衝撃に、オーガの体が爆散したかのように雲散霧消した。

後に残されたのは、耳に痛いほどの静寂。

(どうすんだよ……どうすんだよ、これッ!)

恐る恐る振り返ると、そこには目を輝かせる二人の女の子がいた。

一郎からすれば、それは恐怖を伴う視線である。

その口から「厨二病乙!ｗｗ」「拡散しますｗｗｗｗ」などと言われた日には、二度と立ち直る事は出来ない。

「……ち、違うんです。説明したい。今のは、その、私の本意ではなく」

「か……」

「拡散だけは……その……」

「格好良いっっっ!」

「……ぇ?」

気が付けば、一郎の体は二人からタックルを食らい、押し倒されていた。

右足には凜とした女戦士。左足には、可愛らしい小柄な魔法使いの少女が張り付いている。

「ちょっ、君たち……何を……!」

「やっと、やっと会えた……私の白馬の王子様っ!」

「違いましゅ！　王子はオネアを助けに来てくれたんでしゅ！」

「いや、王子とかじゃなくて、私は……！」

必死に一郎が叫ぶも、二人は太腿に顔をスリスリと擦り付け、その手は死んでも離さないと言わんばかりに足へ蛇のように巻き付いていた。

「ちょ、ちょっと、私は聞きたい事があって……！」

「オーガに食べられる前に、私が王子を食べましゅ！　股間の聖剣をペロペロするんでしゅ！」

「何を言ってんだ、このロリっ娘は……！」

目覚めてすぐ、児ポ法に引っかかることを恐れた一郎が懸命に足を振る。

瞬間、「ボールは友達」と言わんばかりにオネアが吹き飛ばされ、ドライブ気味にその体は遠くへと消えていった。

「オネアは死んだようね！　王子は私が貰《もら》うわっ！」

「誰が王子やねん！」

王子どころか、その中身は何処にでもいる日本人、それも結構なオッサンである。

一郎がミリの顔をアイアンクローで摑み上げ、無理やり足から引き剝がす。

「………ィ、イイ。私、自分の事はずっとSだと思ってたけど、王子に対してはMになるみたい。もっとキツく絞め――」

「怖ッッッ！」

反射的に一郎がミリを放り投げる。

シュート気味に回転しながら、その体も遠くへと消えていった。ある意味ではオーガよりも危険な生物と化した二人を退け、一郎は息を荒くしながら叫ぶ。

「こんな危険な場所に居られるか！　俺は帰らせて貰う！」

一郎は知らない。地球など滅んで久しい事を。

そして、この悲惨な階層世界においては、危険など日常茶飯事である事を。

この男の場合、女難という危険まである。

「とにかく、まともな人間を探そう……まともなのを！」

一郎は知らない。

自分こそが一番、まともではない人間になっている事を。

（情報の一部が公開されました）
【能力】——　星の支配者V
自分のバックに様々な流星を出現させる。
カンストであるVになると、「空」に流星群を出現させる事も可能。
人々を驚愕させ、強烈に惹き付ける事だろう。

【能力】――銀河の鼓動《ギャラクシービート》V

あらゆる行動・動作に対し、格好良い仕草やポーズを決めてくれる。
シリウスの火花と連携するため、快適な厨二ライフをお約束。
無論、一郎にとっては迷惑以外の何物でもない。
発動時、心臓が大きく鼓動を鳴らし、体の奥から踊るようなリズムが溢《あふ》れ出す。

喰人鬼が支配する世界

（クソッ！　何だったんだ、さっきのは……）

先程の現場から逃げ出し、一郎は頭を抱え込んでいた。

厨二としか思えないポーズや台詞、火の玉を放った事。

あまりにも滅茶苦茶すぎて、頭が追いつかない。

（さっきのって、どう考えても魔法だよな……）

ゲームやアニメの世界では普遍的に存在するものだが、現実世界の地球に、そんな力などありはしない。ましてや、それを使える者など居る筈もない。

（大体、ここは何処なんだ……？　とんでもない広さの洞窟っぽいけど）

特筆すべきは、その高さ。

天井まで何百メートルあるのか、想像もつかないレベルであった。

見上げた先には岩肌のような部分もあれば、コンクリートでできたような部分もあり、鉄骨やケーブルのようなものまで見える。天井や壁のあちこちには、光る石のようなものが無数に埋め込まれており、視界も洞窟の中とは思えないほどに確保されていた。

それらを見上げながら、一郎は思う。何かの映画で見た、〝シェルター〟のようだ、と。

映画やゲームでは地上での争いから身を隠すために、ありえない規模のシェルターなどが登場するが、それに似たものを感じたのだ。

（どう考えても、日本じゃないよな……俺自身も妙な事になってるし）

若返っているだけでなく、魔法か何かのように火の玉まで出したのだから。

その上、呼吸でもするかのように空まで飛んだ。オマケに、ゲームに出てくる魔物のような生物とも遭遇する始末である。

全てを総合して考えると、ここは未来の地球でもなく、全く別の世界としか思えない。

（まさか、これが噂の異世界転移とか、勇者召喚とかじゃないだろうな……）

そんな馬鹿げた妄想が浮かぶも、状況的には非常に良く似ている。手頃な岩に座り、頭を抱える一郎に後ろから声がかけられた。

「あ、あの……大丈夫ですか？」

「え、ええ……大丈……」

「うそっ、えっ……」

振り向いた一郎の顔を見て、声をかけた女性の顔が真っ赤に染まる。

同時に、持っていた籠が地面に落ちた。女性は胸に手をあて、必死に動悸を押し鎮めようとしているようであった。

「だ、誰、ですか……王子、王子様……？」

「いやいや！　私は只のサラリーマンで、何ならオッサンに手が届く――」

「キャァアアア！　皆、きて！　王子様よ！」

「ちょっ……！」

一郎の制止も虚しく、女性が大声で叫ぶ。その声に釣られるようにして、次々と女性が集まってきたが、その中に日本人らしき存在は居なかった。

「あんたねー、この地獄に王子様なんて居るわけ……いたぁぁぁぁぁ！」

「嘘……誰なの、あの人！」

「格好良すぎるんですけど！　村に連れ込……ダメ、鬼が居る！　どうしよう!?」

（おいおいおい！）

突然始まった騒ぎに、一郎が慌てて逃げ出す。「来世はイケメンにしてくれ」などと願った自分の首を絞めたい気分であった。

（冗談じゃないぞ……何なんだ、これは！）

猛ダッシュで逃げながら、一郎もようやく気付く。

この顔や、ド派手な服のせいだろうと。

（着替えよう！　顔を隠せばなんとか……！）

幸か不幸か、着替えるための服はすぐに見つかった。

木々が生い茂る森の中に逃げ込むと、そこには白骨死体や荷物が無造作に転がっていたのだ。

剣や杖、皮をなめした鎧や、薄汚れたローブ、水筒のようなもの。そして、手紙。

恐る恐る手紙に手を伸ばすと、そこには家族への別れを告げる言葉が記されており、一郎は思わず目を逸らしたくなった。

それ以上に、書かれている文字が日本語であった事に衝撃を受ける。

（ここじゃ、日本語が普通に使われているのか？　言葉も通じるみたいだしな……）

先程出会った女性たちも、普通に日本語を話していたことに気付き、一郎はここが何処であるのか益々、分からなくなってしまう。

（ともあれ、先に着替えよう……このままじゃ、外も歩けない）

多少汚れてはいたが、顔をすっぽり覆い隠せるフード付きのローブを引っ張り出す。

他にも、通貨らしきものをポケットに捻《ね》じ込んだ。長く放置されていた服を着ることには抵抗があったが、贅沢を言える立場ではない。

一郎は薄汚れた服やローブを纏い、フードを被って顔を覆い隠す事に成功した。

（どう見てもホームレスです。本当にありがとうございました）

自嘲気味に笑うも、結果的にこれは良い判断であったと言える。恐る恐る森から出た後、何人かとすれ違う事となったが、もう騒がれるような事はなくなった。

(よし、何処か村なり、町なりを探そう……分からないことが多すぎるしな)

目立たぬように一歩一歩、乾いた大地を踏みしめながら歩いていく。見渡す限りの雄大な風景に、一郎は次第に目を奪われていった。

(こんな風景、映画でも見られないよな……)

まるで、山腹を刳《く》り貫《ぬ》いて作ったような空間である。

地面には名も知らぬ雑草が生えていたかと思うと、雑木林などがあちこちに存在し、羽を休めているのか、大小様々な鳥の姿まで確認できた。

一郎は当初、ここをシェルターか何かのように感じていたのだが、歩けば歩くほど、ここが一つの世界なのだと肌で実感していく。

不意に――白衣を着た男との会話が頭をよぎる。

《一つの階層を一つの世界とするなら、ここは103番目の世界ということになる》

まるで、禅問答のようなやり取りであったが、今では多少、その意味が分かるような気がしないでもない。

(少なくとも、ここには103個の〝世界〟があるってことか?)

一郎はフードの中で笑ったが、よくよく考えると、地球も似たようなものかと考え直す。

国が違えば、風習も常識も、建物も、考え方も、住んでいる人間も、何もかも違う。日本が国として承認している数だけでも、195カ国あったのだから。

数えようによっては、地球には３００以上の国があるとも言われている。一つの国を一つの世界と考えるなら、ここにどれだけの〝世界〟があっても不思議ではない。

（あれは、村か……？）

暫く歩いていると、見るからに寂れた集落が目に飛び込んでくる。

ロールプレイングゲームなどで良く見た村の風景そのものでもあり、方々には畑らしきものや、柵の中では羊が暢気に草を食《は》んでいた。

（よし、ここで話を聞かせて貰うか）

意を決した一郎は村へと入り、あちこちへ目をやる。

往来を歩いている人間は一人も居らず、露店などにも品が並んでいない。品物がないのか、買う人間が少ないのか、ゴーストタウンのような有様であった。

（せめて、交番みたいな場所はないいんだろうか……？）

それらしき建物を探すも、全く見当たらない。

立てられている木の看板にも、不気味な文字が躍っているだけだ。

――逆らうな。

――攫われる。

――男を隠せ。

――女を隠せ。

——子供を隠せ。

——老人を出せ。

それらの文字に、一郎は薄ら寒いものを感じた。

どう考えても、普通の文言ではない。

気味が悪かったし、出来の悪いホラーゲームの中にでも放り込まれたような心境である。

(もしかして、さっきの化物が関係しているのか……?)

地球には存在する筈もない化物を思い出し、一郎の背中に悪寒が走る。

あんな生物が堂々と外を闊歩しているなら、ロクに外も歩けない。

そんな事を考えながら歩いていると、ドアが開く微かな音を耳が拾う。

見れば、一軒のドアが僅かに開き、一郎を手招いていた。藁《わら》にも縋《すが》る思いであった一郎は、恐る恐るドアへと近寄っていく。

「あの、すいません。ここは……」

「早く入って下さいッ!」

「えっ、は、はい……」

押し殺したような声に急かされ、一郎が中へと入る。そこには、可愛らしい短髪の男の子が居た。

淡いクリーム色の髪に、青い瞳。

一見、女の子のように見えなくもない。

「えっとですね、少し聞きたい事がありまして……」

「静かに！　こっちへ――」

男の子が木の床をめくると、そこには長い階段があった。まるで、秘密基地か何かのようである。

急かされた一郎が中へと入ると、男の子は音も立てずに下へと降りていく。

（何だ、これ……地下組織じゃあるまいし……）

やがて、テーブルや椅子が置かれた埃っぽい部屋が現れた。振り返った男の子は、何故か一郎に怒りの声をぶつける。

「貴方は一体、何を考えているんですか……！　他の村のスパイですか!?」

「ちょ、ちょっと待って欲しい。こっちの話を――」

「大体、白昼堂々と男が表を歩くなんて考えられませんよ！」

（こりゃ、先に言いたいだけ言わせるか……）

興奮する男の子を見て、一郎は冷静にそんな事を思った。興奮状態の相手に何かをぶつけても、まともな答えは返ってこない。

先に全てを吐き出させ、落ち着かせるのが先決であった。

「労働力として、攫われるのが目に見えてるじゃないですか！」

相手の言葉を聞きながら、一郎は冷静に状況を纏めていく。

近隣の村とは仲が良さそうではなく、男が白昼堂々と表をうろつくのは危険であるらしいこと、一人の勝手な行動で全体に迷惑がかかる、などという内容であった。

「で、落ち着いたか？」

「え、えぇ……」

一郎の口調が、ガラリと変わる。

これまでの疑問を解決出来る、絶好の機会であった。

「君に聞きたい。ここは日本か？　それとも、地球の何処かなのか？」

「は？」

一郎は並べられるだけの国名を並べてみたが、男の子は訝《いぶか》しげに眉を顰《ひそ》めるだけであり、段々と狂人を見るような目付きへと変わっていく。

一郎からすればようやくまともな会話を出来るチャンスでもあり、相手の反応を気にせずに次々と質問をぶつける事にした。

（やはり、言葉は問題なく通じるな。看板の文字も日本語だったし……）

この世界が元々そうなのか、何かのフィルターでもかかっているのか。

その辺りはまだ分からないが、当面の問題は他にある。ここが地球でないとするなら何処なのか、先程見た化物は何なのか。

地下で見た無数の機械は何なのか。目覚めた時に見た近未来の施設は何だったのか。

思考に耽《ふけ》る一郎を見て、何かに思い当たったように男の子が言う。

「貴方は……上から来た人間ですか？」

「違う。むしろ、〝下〟から来たと言った方が正しいな」

「下？　ここより下なんて、墓地ぐらいしかありませんよ」

男の子が呆れたように首を振り、そっと目を閉じる。

付き合いきれない、と思ったのだろう。一郎が森の中で拾った大小様々な通貨を出した事により、その思いはより強くなった。

「これを見て欲しい。ここで使えるか？」

「……馬鹿馬鹿しい。上では使えるのか知りませんが、ここでは無価値ですよ」

「そうか。ところで、私は一郎と言うんだが、君の名は？」

「……ピコですけど」

「ピコ太郎か。よろしくな」

「誰が太郎かッ！」

男の子――いや、ピコが叫ぶ。

実際、この最下層には上から人がやってくる事もある。大昔には、聖職者などがパンや酒、毛布などを持ってきた事もあるとピコは両親から聞いていた。

が、それも絶えて久しい――

今では冒険者などと呼ばれる職種の人間が、上から追い立てられるようにして逃げて来るのが

精々であった。彼らは決まって賤貨や銅貨などと呼ばれるものを出しては、何かを買おうとする。当然、ここの住人からすれば「通貨」など失笑ものであった。

「ここでは物々交換が全てですよ。通貨なんて出されても、腹は膨れない」

「なるほど」

一郎はその言葉から、多くの事を察する。この男とて伊達に歳を食っている訳ではなく、様々な社会経験を積んできた。

長い闘病生活を通じて、学んだ事も沢山ある。

「ところで、あの緑色の化物は何体居るんだ？　あいつらは、何だ？」

「……喰人鬼の事ですか？　彼らの事も知らずに、ここへ？」

その言葉に、ピコの可愛い顔が歪む。

上から逃げてくる冒険者は、この階層のルールには無知であったが、流石にオーガの事を知らずに来た者など一人も居ない。

「まぁ、良いでしょう……妙な問題を起こされても困りますからね」

嫌々ながらも、ピコがオーガについて説明をはじめる。

彼らの肉体は強靱であり、普通の人間ではとても太刀打ちできないこと。彼らは人間を攫い、様々な労働力として使っていること。

商品として、上に売り飛ばしていること、空腹時には食料として喰らうこと。

（何だ、そりゃ……!?）

それらを聞いた一郎は、決して平穏な気持ちではいられなかった。ここでは人間が奴隷であり、商品でもあり、食料でもあると言うのだから。

「ちょっと待ってくれ。商品って、誰に売っているんだ？　奴隷商人とかが居るって事か？」

地球の歴史を紐解いても、奴隷と呼ばれる存在は無数にいた。大航海時代などは、その代表的なものと言えるだろう。小作人や農奴、と呼ばれるような存在も一種の奴隷と言えるかも知れない。

「上のゴブリンにですけど？　奴らは、人間の女も苗床にしますから」

「ゴブリンって……」

一郎の頭に、ファンタジー世界ではお約束のように登場する醜悪な魔物が浮かぶ。あんな生物の苗床にされるなど、奴隷にされるより性質が悪い。

一昔前のエロゲーか！　と一郎は思わず顔を覆った。

（何の因果で、俺はこんな世界に……）

聞けば聞くほど、頭が痛くなってくる。

一郎は先程出会った女性たちを思い出し、それについても聞いてみた。

「ここに来るまでに、何人かの女性と会ったんだが………どうして、彼女たちは堂々と外を歩けるんだ？」

「西の村のことですか？　あそこは、男を労働力として無抵抗で出していますから……」

「なるほど。お目こぼし、という訳か……」

抵抗しても無駄なら、大人しく従った方がマシだという考えらしい。実際、勝てない相手に喧嘩を売るのは勇気ではなく、無謀と呼ばれる類である。

（はぁ……病気は治ったみたいだけど、とても素直に喜べるような状況じゃないな）

訳の分からない世界に放り込まれ、訳の分からない力に振り回されている。

一郎はそこまで考え、がっくりと肩を落とした。

そんな姿を静かに見守っていたピコは、逆に妙な期待を抱いてしまう。

ここまで何も知らない人間を、今まで見た事がなかったからだ。最下層の状況に嘆く一郎の姿を見て、ピコの頭にふと一つの希望が浮かぶ。

上の権力者や聖職者などが、この階層の偵察を命じて送り込んだのではないか、と。

その予想が正しければ、大規模な救助隊などが来る可能性も出てくる。

「一郎と言いましたね。貴方は上の――」

ピコが何かを言いかけた時、大地が揺れた。

同時に、凄まじい数の足音が地下にまで響いてくる。ピコはこれまでの経験から、それがオーガによる〝定期的な回収〟である事を悟った。

「オーガの回収……ですね」

「回収？」

「ここは何とかやりすごしましょう。一郎、決して音を立てないで下さい」

ピコが何を言っているのかは分からなかったが、一郎は好きこのんでトラブルに首を突っ込むような性格はしていないし、あんな化物に遭いたくもなかった。

「上には、病人が居ます。少しは時間を稼げるでしょう」

「……病人？」

「この階層では動けなくなった者を上に置き、オーガの気を逸らすんですよ。奴らは頭が悪いから、健康な者と病人の区別が付かないんです」

「何ともまぁ、割り切った思考だな……」

一郎はその言葉にげんなりしたが、ピコの顔は悔しそうに歪み、苦しそうであった。彼も、この状況を決して良しとはしていないのだろう。

やがて、搾り出すようにピコが呟く。

「僕の両親も病気になった時、自らの意思で上へと残りました……」

「そうか」

「ここでは、そうやって命を次へと繋いでいくんです……」

「大変な世界だな」

言いながら、散歩にでも行くような風情で一郎が立ち上がる。

病人などと聞いては、放っておけないと思ったのだろう。

病の苦しさを、辛さを、この男は誰よりも知っている。

「ちょっ、一郎。何処に行くんです！」

「迷惑はかけんさ」

階段へ向かいながら、一郎は考える。

あのヘンテコな力を使えば、何とかなるかも知れないと。案の定、待っていたと言わんばかりに目の奥から激しい火花が散った。

（クソ、やっぱりか……！）

だが、今回はあえて反発せず、一郎は流れるように〝それ〟を口にした。

「ピコ、お前に一つだけ伝えておこう――」

瞬間、一郎の気配が変わる。

同時に、ピコの全身に震えが走った。

そこに居たのはもう、無知で平凡な男ではない。その背中から、言葉を失わせるような大魔力を撒き散らす、途方もない存在へと変貌を遂げていた。

「この私が来たからには、連中は駆逐される運命にある。一匹残らず、な――」

痺れるような台詞を残し、一郎が階段を駆け上がっていく。

ピコは生まれてはじめて、胸に沸き上がってくる熱いものを感じ、気付けば、その背中を追うように走っていた。

その眩い背を、ピコが追う。

本来であれば、回収中に地上へ上がるなど自殺行為でしかない。

にも拘《かか》わらず、ピコは夢中になって階段を駆け上がっていく。

その頭に浮かぶのは、病に倒れた両親のこと。二人はピコを守るために自らの意思で上へと残り、オーガに回収されていったのだ。

（父さん、母さん……！）

その時の光景を思い出し、ピコの目から涙がこぼれたが、それを拭おうともせず、先を走る眩い背を追った。地上へ出た一郎は、無造作にドアを開けて外へと向かう。

この階層ではありえない、あまりにも非常識な行動である。

村の中には大勢のオーガが溢れ、病人らを回収したり、棍棒を振り上げては家屋を破壊したりと好き放題に暴れていたが、オーガたちの目がやがて、一郎たちの姿を捉えた。

「ニンゲン。ウゴク、ニンゲン」

「ウル。クウ」

「ハラヘッタ」

それらの不気味な声に、ピコの全身に悪寒が走る。しかし、前に立つ一郎はオーガなど全く恐れていないのか、一歩も退く気配がない。

それどころか、凄まじい台詞を吐き出した。

「醜い豚風情が、人がましく言葉を囀《さえず》るな――――」

真っ向からの挑発に、オーガたちが怒りを露《あらわ》にする。彼らの頭は決して良くないが、馬鹿にされたという事は理解出来たらしい。

何体かのオーガが棍棒を振り上げ、威嚇するように叫ぶ。

「ニンゲン、ヨワイ！　ハラヲクウ！」

「アシヲグウ！」

「オデ、テヲグウ！」

走り寄ってきたオーガが、無造作に一郎の体を摑まんとする。それだけで、脆弱な人間など骨が砕け散って死ぬであろう。

だが、砕け散ったのはオーガの方であった。

触れられるのを嫌ったのか、一郎が軽く手を振り払った結果である。それだけで、屈強なオーガの体が高射砲でも食らったかのように爆散した。

一箇所に集められていた病人たちも、その異様な光景に絶句する。

「下等な豚が。人間を舐めるなよ――――！」

一郎の口から、凄まじい啖呵《たんか》が切られた。

この階層で鬼の群れを前にし、こんな台詞を言い放った者は有史以来、存在しないであろう。

目の前の、ありえない光景を目の当たりにして、ピコが呻き声を上げる。

「い、一郎……貴方は……」

「言っただろう？　駆逐すると――」

「で、でも！　オーガは物凄い数で、その上、ギガンテスまで居るんです！　貴方がどれだけ強くたって無理ですよ！」

ピコが叫ぶと同時に、複数のオーガが一郎に棍棒を振り下ろす。

しかし、その棍棒が一郎の体に触れる事はなかった。何処から取り出したのか、眩い輝きを放つ剣がオーガを一瞬で切り裂いてしまったのだ。

それは、超高速で放たれた横薙ぎの一閃。

ゆらりとローブが揺れ、オーガの上半身がずり落ちる。強靱な肉体を持つオーガが、野菜か何かのようにスライスされ、血飛沫《ちしぶき》が噴き上がった。

振り返った一郎は、悪戯っぽく笑う。

「ほら、思ったより――〝簡単〟だぜ？」

その言葉に。笑顔に。

不意にピコの胸が高鳴る。

その自信、佇まい、言い放つ台詞、極めつけに――その、異様なまでの強さ。

まるで、男の憧れが全て詰まったような姿である。

「希望を捨てるな。諦めたら、そこで試合終了だ――」

「い、一郎さん……」

その台詞に、ピコはとうとう両手の指を組んで一郎の背をうっとりと見てしまう。

傍目から見る分には、何処ぞの英雄か勇者のようである。

「コノニンゲン、チガウ！」

「ヅヨイ！」

「アブナイ！　〝ショウグン〟ニシラゼル！」

病人を運ぼうとしていたオーガたちが背を見せ、一斉に退却を始める。

彼らの判断は意外と素早く、間違ってはいなかったが、能力を全開で発動させている一郎を前にして、それは自殺行為でしかなかった。

一郎の左手が顔を覆い、その右目がオーガへと向けられる。このポーズを取られる事、それは相手の死が約束されると言っても過言ではない。

完全に〝処刑の合図〟であった。

真っ直ぐに伸ばされた左手の先に、巨大な魔法陣が浮かび上がり、やがて弓の形となっていく。

それは、幾つもの元素が混合された「雷素」を扱った超高位魔法。この世界において、雷素を扱える人間など片手で数えるほどしか存在しない。

雷で編まれたような弓を引き絞り、破滅的な力が一郎の周囲に満ちていく。

──受けてみるがいい。

「黄金の獅子の牙を──天雷の魔弾《ライトニング・バレット》ッッ！」

放たれた矢が無数に分裂し、次々とオーガの体を貫いていく。

次の瞬間、オーガらの全身に凄まじい雷撃が流れ込んだ──！

「ギヒャイイィィイ！」

「アガァァァァァ！」

辺り一面が凄まじい稲光に染められ、村人たちが次に目を開けた時、そこにオーガの姿はなく、肉の焦げる匂いだけが残されていた。

「塵は塵に。灰は灰に。豚は──黒焦げがお似合いだ」

事も無げに、その口からサラリと断罪がなされる。

一撃。

時間にすれば、数秒の出来事であろう。

気付けば、あれだけの猛威を振るっていたオーガの群れが、嘘のように霧散していた。

「す、凄い……凄すぎる……」

ピコの口から辛うじて出たのは、そんな平凡な言葉であった。

いや、それ以外には何も浮かばなかったと言った方が正しいであろう。ピコは目の前に立つ男が、紛れもない〝英雄〟である事を知る。

その英雄は勝利の余韻に浸ろうともせず、真っ先に病人の群れへと歩き出す。

彼らは体を動かす事も難しい状態にあったが、全員が頭を下げ、やってきた一郎に平伏した。

中には泣いている者や、手を合わせて拝んでいる老婆も居る。

「な、名も知らぬお方。貴方様のお陰で、ワシのような老……」

「静かに――――」

一郎がそっと老婆の唇に指をあて、言葉を遮る。

フードを深く被っているため、その顔を窺い知る事は出来なかったが、聞く人間を落ち着かせる、とても優しい声色であった。

――――光と聖が降臨する夜《アドヴェント・ホーリーナイト》

一郎の口から神秘的な魔法が唱えられた瞬間、その体から途方もない大魔力が溢れ、周囲が暗闇に包まれていく。それは、邪悪さを感じる闇ではなく、泣き叫ぶ赤子でさえも落ち着かせてしまうような、聖なる夜を感じさせるもの。

やがて、空から星を象《かたど》った光が雪のように優しく舞い降り始めた。

その雪に触れた村人たちの目に、次々と光が灯っていく。この世界では〝神〟が扱うとされる、第九魔法であった。

「か、体が、動い……て……」

効果としてはあらゆる病魔、状態異常を治癒し、体力と気力を全開にまで回復させるものであり、魔法と言うよりも〝奇跡〟と呼んだ方が相応しい代物である。

「痛みが……あれだけあった、痛みが！」

「ずっと、曲がったままのワシの足が真っ直ぐに……！」

その〝奇跡〟の前には、たとえ先天性の病であっても問答無用で沈黙させられるであろう。

一郎が扱う魔法とは、文字通り〝神の領域〟なのだから。

だが、その奇跡を降臨させた神は、何処か落ち着かない素振りでソワソワとしていた。

鼓動と火花が、「存分に王子を光り輝かせた」と満足したのであろう。

残されたのは、〝只のイチロー〟である。いきなり、ブロードウェイの舞台へ放り出されたような心境であった。

「え、えっと……良かった……？　ですね、皆さん……で、では、私はこれで……」

「一郎さんっ！」

「おわ！」

感極まったピコが、一郎の背中に力一杯に抱き付く。それを見て、村人たちも感極まったように泣いた。突然、舞い降りた圧倒的な奇跡の力に、もう言葉も出なかったのだろう。

「ありがとうございます、一郎さんっ！」

「い、いや……別に。あっ、そうだ。私はちょっと用事……いや、使命みたいなものがありまして。そろそろ、お暇《いとま》させて頂こうかなと……」

そそくさと逃げ出そうとするも、間髪容れずピコが叫ぶ。

「僕も連れて行って下さい！　一郎さんに恩返しがしたいんですっ！」

「えぇ!?　いや、でも……」

ピコの叫びに、この騒動を見ていた村人たちも次々と家から出てきては喝采の声を上げた。其々《それぞれ》が感謝を口にしながら、僅かな食料や水を持ち寄っては、それらをピコへ託していく。

「ピコ、頼んだぞ！　このお方を、どうか守ってやってくれ！」

「お前さんは若いのに、随分と物識《ものし》りだしな」

「村の事は心配するな。あいつらが来ても、うまくやり過ごすからよ」

「最後に取っておいた干し魚だ。道中、腹の足しにしてくれ」

村人たちは大いに盛り上がり、ピコの勇敢な旅立ちを祝福していく。一郎はその熱狂に口を挟む事すら出来ず、呆然としていた。

（どうしてこうなった……！　二度とこんな羞恥プレイはごめんだぞ！）

何とかこの状況を脱しようと決意しつつ、一郎は逃げるように村を後にした。その背を、大きな荷袋と鍋を背負ったピコが追う。

「一郎さんっ。貴方の使命に、僕も命を賭けます！」

（使命なんて、ねーよ！）

ニコニコと満面の笑みを浮かべ、ピコが言う。

当然、その使命とやらはオーガの殲滅であると考えているのだろう。事実、一郎はオーガを一匹残らず駆逐する、と言い放ってしまったのだから。

口は災いの元、どころの騒ぎではない。

「オーガはこの階層に千体はいると言われていますが、一郎さんなら、奴らにも絶対に勝てるって信じていますっ！」

（千体とか笑えねぇよ……！　俺の人生はどうなるんだ!?）

こうして、ボロボロのローブを纏った流星の王子様と、ピコの旅がはじまった。

一見、それは貧相な二人組でしかない。

しかし、その片方は英雄としか思えない力を宿しており、この世界に存在する、ありとあらゆる魔を呑み込む怪物そのものであった。

魔神召喚――「ライダー」

一郎に投げ飛ばされたミリとオネアが、ピコの住む村へと向かっていた。彼女たちの心を釘付けにしてしまった王子を追っているのだ。

その足取りは何処までも軽く、これまでの陰鬱さが嘘のように明るい。

「王子の手が私の顔を摑んだのよ！　すっごく良い香りがしたわ！」

「逞しい足が私の全身を貫いたんでしゅ！　王子しゃまは私のはじめてを散らした人でしゅ！」

一郎が聞けば、仰《の》け反りそうな会話をしながら二人が笑う。

彼女たちにとって一郎は、その容貌が魅力なだけではなく、力強い戦力でもある。数体ものオーガを瞬時に焼き払うなど、尋常ではない魔力の持ち主であった。

最後に見せた剣技など、言葉を失うレベルである。

「あの王子は、何処から来たのかしら……」

「王城じゃないんでしゅか？」

「馬鹿な事を言わないで。あんな腰抜けどもの城に、あんな王子が居る訳ないわ。もしも居たなら、必ず何らかの噂になっている筈よ」

彼女たちが居た階層には、確かに王城がある。

だが、そこに住んでいるのは貴族たちに振り回されている王家だけであり、あんな華麗な存在がいるならば、ローランドも大きく変わっていたであろう。

「王子を追うわよ。そして、一緒に元の階層へ戻るんだからっ！」

「オネアの王子しゃま……早く会いたいでしゅ……」

「誰があんたの王子よっ！」

二人は程なくピコが住んでいた村に辿り着いたが、そこで興奮気味に語られた一郎の姿に二人の鼻息も荒くなる。回収に来たオーガの部隊を荒れ狂う稲妻で黒焦げにし、病人たちには奇跡の光を与え、その病を癒したという。

それは何処からどう聞いても、颯爽たる〝英雄〟の姿であった——

「やっぱり、オネアの王子しゃまは最高にクールでしゅ！」

「奇跡、か……」

「姉しゃま？」

「ううん、ちょっと昔話を思い出しちゃって」

ミリの頭に浮かぶのは、かつて何度か行われた〝大戦〟において、人類を率いた数多の英雄豪傑と呼ばれる存在たち。

それらの中には神格化され、上層では神として祀られている国まであるとも聞く。英雄の誕生、その降臨は人類にとっての希望そのものであったが、同時に大乱を呼ぶものでもある。

（あの王子に付いていけば、私の夢は叶うかも知れない……）

ミリは子供の頃に読んだ御伽噺《おとぎばなし》、それに登場してくる数多の剣士に憧れ冒険者となった。

しかし、現実は寒々しい。

実際にやる仕事と言えば、日雇い労働者のような内容ばかり。かつて憧れた、様々な名剣士などには程遠い日々であった。

（必ず、あの王子を見つける。そして、この依頼を達成するんだから……）

ゴブリンに攫われた女性たちの救出。

それを果たしたとき、はじめて夢へと一歩近付く。ミリは世界に名を轟かす名剣士を目指し、力強い一歩を踏み出した。

一方、一郎とピコは——

何処までも続く、荒野の中を歩いていた。一郎は歩きながら様々な質問をぶつけていたのだが、返って来るのは不思議な答えが多い。

「一つ聞きたいんだが。あのオーガと言うのは人を攫って、何をさせているんだ？」

「そうですね……単純なものでは、岩や石を運ばせて一種のモニュメントのようなものを作らせたりしているようです」

種族として信仰している存在があるらしく、それらの像や、それらに捧げる何かを作っているらしい。見た目と同じく、行動まで原始的であった。

「後は、魚を獲らせたり」

「待ってくれ。魚とは、どういう意味で言っているんだ？」

「え？　その、川から獲っていますが……」

何気なく放たれた言葉に、一郎は密かに絶句する。

ここを、近代的なシェルターに類するものとして考えていたからだ。

いや、そう思い込みたかっただけなのかも知れない。

しかし、そんな淡い願望は完全に崩れ去った。現代の日本人が思い浮かべる〝シェルター〟の中に、川などが流れている筈がない。

（そろそろ、認識を改めよう……ここは、元の世界じゃないんだから）

地球には魔法なんて力は存在しなかったし、オーガなどという魔物が闊歩したりもしていない。

頭の中にあるシェルターのイメージと、ここを照らし合わせるなど無意味であった。

「ピコ、変な事を聞くが……その魚は食用として獲らせているのか？」

「そうですね。他にも絞って油にしたり、滓《かす》は肥料にしたりします」

「そ、そうか……」

一郎からすれば、何がなんだか分からない。近代的なのか、原始的なのか、ファンタジーなのか、それらの全てが入り混じったような、聞いたこともないような世界であった。

「この上にはゴブリンが住んでいると言っていたが、更に上があるのか?」

「はい、その上には人間の作った大きな国があると聞きます。一郎さん、これを見て下さい。大昔、上から降りてきた冒険者が村に置いていったものです」

そう言って差し出されたのは、カビ臭い一冊の本。

中を開くと、そこには「階層世界」との文字が記されてあり、〝上〟には巨大な森や、灼熱の砂漠、海底に沈んだ古代都市や、空に浮かぶ城などがあると書かれている。

(どうなってるんだ……これが本当なら、シェルターどころの話じゃない)

本の内容が真実なら、ここがどれだけの深さなのか、もしくは高さなのか、想像を絶するものがあった。まして、空に浮かぶ城など、完全にアニメで見た世界である。

(一つ一つの階層が世界、か……)

白衣を着た男の言葉が再度、頭によぎる。

なら、それらの階層を突き抜けた頂上には、何があると言うのだろうか。

「それよりも、一郎さんっ! オーガたちをどうやって駆逐するんですか!?」

「ま、まぁ……それに関しては、一つ考えがある」

それだけ言うと、一郎は深い熟考へと入った。

ピコもその様子を見て空気を読んだのか、沈黙する。

あれからというもの、一郎は自分の能力について調べるべく、様々な行動を試していたのだが、ようやく〝半透明の画面〟を開く事に成功したのだ。

「――コマンド――」

呟いた瞬間、目の前に半透明の画面が現れる。

この、自分にしか認識出来ない画面は非常に便利なものであった。

ゲームなどで良く見た作りをしており、所持品や各種能力の詳細、おまけに現在の時刻まで表示してくれる優れものである。

一郎はそこで、デタラメな能力の数々を知って愕然とした。

しかも、未知の能力があるらしく、それらは発動していないため、その項目には素っ気無く、「未発動」と記されているのみである。

（くそ……何の嫌がらせだよ、こりゃ……）

こんなものは一郎からすれば、いつ爆発するか分からない地雷でしかない。

実際、その爆発によって相手も物理的に死ぬであろうが、一郎も精神的に死ぬであろう。

（何が流星の王子様だ……！）

長い眠りから覚めてみれば、厨二王子になっていたなどコントでしかない。また、その厨二全開の行為を現実にしてしまえる能力を備えているのが、非常に性質が悪かった。

（二度とあんな羞恥プレイはごめんだぞ……！）

この階層には、千体を超えるオーガが存在しているという。それらと戦う度に厨二めいた発言や行動をしていては、自分の方が先に精神的な死を迎えると一郎は確信していた。

（魔神召喚、か……これしかない）

一郎が真っ先に目を付けた項目である。

これこそが、不思議な声に厚かましく願った〝部下〟であろう。

願いがそのまま反映されているのであれば、彼らが面倒事を片付けてくれる筈であった。

そこに記されているのは、〝五柱の魔神〟と呼ばれる存在。

ソルジャー、ライダー、ワイズマン、マシーン、エクストラとある。そのどれも、一郎の生活には馴染みのない単語ばかりであった。

（最初にソルジャーってのは安易だし、ライダーを見てみるか？）

ライダーの項目を選ぶと、そこに経歴らしきものが表示された。

それらは魔神と呼ぶに相応しい存在である。

ライダー
種族：魔神
年齢：30歳
何処までも続く戦乱の世に絶望し、その身を闇に堕とした騎兵。

その性、果断にして剛。敢えて仰ぎ見る者なし。

透明化や気配遮断、飛行などの能力を有し、殲滅戦から暗殺まで、戦闘全般を得手とする。また、第二形態を所持しており、能力値を爆発的に高める事も可能。

その圧倒的な強さから、死を与える者《デスアダー》と呼ばれている。


その経歴を見て、一郎は思わず腹の中で唸る。ダークヒーロー、とでも言うべきであろうか？

男はいつの時代も、こういった翳《かげ》のある存在を好む。

(何か格好良いな、こいつ……)

同時に、男とは年齢を重ねるにつれ、凝り固まった正義のヒーロー像に、あまり魅力を感じなくなってしまう一面があるのかも知れない。

(よし、お前に決めた。ちょっと、世紀末に君臨した覇者っぽいしな！)

平和な世界であればまだしも、化物が堂々と闊歩しているような世界である。これぐらいの存在でなければ頼りにならないであろう。

一郎は沸き上がる興奮と共に、ライダーの文字を選択する。

瞬間、心臓からかつてない程の鼓動が鳴り響き、立っていられないほどの火花が散った。一郎の全身が激しく揺れ、その体から暴風のような大魔力が吹き荒れる。

「い、一郎さん……！　これは……!?」

「ピコ、はな、れろ……ッ！」

それだけ口にするのが、精一杯であった。

一郎の足元から巨大な魔法陣が浮かび上がり、気力が凄まじい勢いで減少していく。

常人がこんな召喚を行えば、一秒も持たずにミイラと化すに違いない。大地に浮かび上がった、巨大な魔法陣の美しさにピコは息を呑んだ。

その魔法陣は一秒たりとも同じ紋様を描かず、目まぐるしく文字と紋様を変化させていく。

大気を震わせるような大魔力が吹き荒れる中、一郎はその中心で何かに耐えるように左手で顔を覆い、右目だけで魔法陣を睨みつけていた。

（クソ！　こいつ、何をはじめる気だ……ッ！）

一郎は立っているだけで精一杯であったが、鼓動と火花は鳴り止まず、全身の血液まで沸騰してくるかのようであった。

おもむろにその口が開き、いよいよ、魔神の召喚がはじまる。

「我が意を世界に刻む者――――顕現せよッ！　死を与える者《デスアダー》！」

覇者の降臨

魔法陣が青い光となり、一点に収束していく。

光は一つの形を象っていき、やがて、蒼き巨馬に跨《またが》る偉丈夫の姿となった。

(ちょ……待てよッ！　本当に世紀末の覇者っぽいんですけど!?)

その姿を見て、一郎は思わず叫びそうになる。それは魔神と言うより、暴力が荒れ狂う世界などを支配しそうな覇者たる風貌と、洒落にならない威圧感を放つ男であった。

どう贔屓目《ひいきめ》に見ても、一郎に従うような存在には見えない。

(ヤバイ……死んだわ、これ)

込み上げてくる原始的な恐怖に苛《さいな》まれながら、一郎は何とか言葉を搾り出そうとするも、偉丈夫の行動の方が遥かに早かった。

彼は音も立てずに巨馬から降りたかと思うと、片膝を突き、深々と頭を下げたのだ。

「デスアダー、御方の前に――」

「あ、あぁ……。よ、良く来てくれたね…………」

横を見ると、既にピコは気を失っている。

デスアダーが放つ威圧感に、耐えられなくなったのだろう。喚《よ》び出した一郎自身も、この存在を前にしているだけで失禁しそうであった。

魔神が恐ろしげな兜を脱ぎ、その容貌を見せた瞬間、一郎の心に変化が訪れる。

（あれ、俺は、こいつを…………）

何処か懐かしい感覚が広がり、嬉しさが込み上げてくる。

こんな異様な存在を前にして、懐かしさや喜びを感じるなどありえない。しかし、一郎の胸には奇妙なほどの感動が渦巻いていた。

「お前に会えて、嬉しく思う」

スラリと、一郎の口からそんな言葉が出た。

能力が言わせたのではなく、素の台詞である。

その言葉を聞いたデスアダーは稲妻でも受けたかのように肩を震わせ、地にめり込まんばかりに頭を垂れ、驚懼《きょうく》の体を示す。

「数にもならぬこの身に対し、勿体無き御言葉……ッッッ！」

デスアダーの凄まじい反応と叫びに、一郎は思わず飛び上がりそうになる。

彼の反応は部下、などという範疇ではなかった。絶対的な王と、それに仕える忠実な配下としか思えないものである。

「い、いや！　楽にしてくれれば、嬉しいかな、なんて……」

一郎は恐怖のあまり、壊れたコンピューターのようになっていたが、デスアダーは益々、その身を縮こまらせるのみである。

声をかけて貰えるだけで、望外の喜びであると言わんばかりの姿であった。

こんな異様な存在から、ここまで敬われる覚えなどはない。

「その、この地に蔓延《はびこ》るオーガという魔物を倒そうと思っていてね……出来れば、手伝ってくれると嬉しいかなー、なんて……」

探るように一郎が言うも、デスアダーの反応は実に頼もしいものであった。

落ちている石を拾うような手軽さで、力強く言い放つ。

「どうか、この身に御下命を。御方を不快にさせる――〝虫ケラ〟の悉《ことごと》くを平らげて参ります」

「そ、それは助かるね……あはは……」

デスアダーの目が微かに動き、ピコの姿を捉える。

仰向けに倒れ、目をぐるぐるさせている可愛らしい姿であったが、この魔神の目からはピコの姿がどう映っているのかと思うと空恐ろしいものがあった。

「こ、この子は知人でね！　敵ではないいんだ……！」

「そうでありましたか。失礼を」

（あぁぁ！　こんな威圧感ある人と、二人っきりとか無理ゲーだろ！）

一瞬沸き起こった感動は、何処へやら。

一郎はピコの体を激しく揺らし、無理やり気絶から叩き起こす。

「ふぇ……。一郎さん……？」

目を覚ましたものの、鋭い眼光を向けてくるデスアダーにピコが再度、悲鳴を上げる。

一郎は咄嗟に、ピコの口を無理やり押さえ込む。

（静かにしろ！　この人の機嫌損ねたら、絶対に殺されるだろ！）

「むごご……っ！」

（秘孔とか突かれたら、どうする気だッ！）

「ひこ、う……っ!?」

必死の思いが伝わったのか、ピコは荒い息を吐きながらも、何とか気持ちを落ち着かせる。両人の滑稽とも言える姿を見ても、デスアダーの表情は全く変わらず、視線一つで城を陥落させるような重い空気を放っていた。

「御方、どうかこの地にて吉報をお待ち下さい――――」

「ま、待って下さい！　この辺りは夜になると岩狼《ロックウルフ》や、岩蜥蜴《ロックリザード》が出て危険なんです。火を焚《た》いて、朝を待った方が良いと思います……っ」

デスアダーはすぐにでも出発しようとする素振りを見せたが、意外な事にピコが慌てて口を挟む。

その言が不快だったのか、魔神がぎょろりと目を向けた。

「うぬは、この身がそんな蟻どもに後れをとるとでも言いたいのか――――？」

デスアダーの放つ空気に、一郎の肌が粟立つ。

知人と言っていなければ、間違いなく、ピコはこの場で首を捻じ切られていたであろう。

「タ、タンマ、タンマ！　確かに、少し疲れたし、休憩しよう！　休憩！」

「万事、御方の御判断のままに」

取り成すように慌てて一郎が声を上げると、デスアダーが深々と頭を下げる。

何を言っても、何を命令しても頷きそうな風情であったが、その容貌があまりにも怖すぎるため、彼のことを頼もしく思いつつも、同時に恐怖を感じざるを得ない存在であった。

その後、ピコは逃げるようにキャンプ地の設営に入り、テントや火の支度をしていたが、勝手の分からない一郎は辺りを警戒するフリをしながら呆然としていた。

(何て存在を喚んでしまったんだ……)

楽をしたいと喚んだはいいが、苦労の方が遥かに多くなりそうである。

今は従順そうに見えるが、こんな存在をいつまでも制御出来る自信など、一郎にはない。

「い、一郎さん、テントの支度が出来ました！」

「そうか！」

逃げるようにして、一郎は布で出来た簡易テントの中に入る。

快適とは言えないが、少し横にならなければ精神的な疲労で倒れそうであった。これまでの事を振り返りながら目を閉じると、外から僅かに声が聞こえてくる。

「そ、その、干し魚があるんですが……」

「要らぬ」

恐る恐るピコが話しかけるも、デスアダーの反応はにべもない。

下僕か何かのようにしか、認識していないのであろう。

その後、ピコはこの恐るべき魔神に対し、何度か話しかけるという無謀な挑戦を行ったが、全くの無反応であった。唯一、一郎に関する質問をした時、はじめて魔神が反応をみせる。

「その、一郎さんは……何処から来たのでしょうか……僕は、何も知らなくて」

「ふむ………」

魔神はその問いに長い沈黙を続けていたが、ようやく重い口を開く。その目は遠くを見ており、心なしか懐かしそうな気配を漂わせていた。

「我々の世界は、核の炎によって焼かれた――」

「……カクの炎!?」

（おいおいおい！）

デスアダーが語り出した内容に、一郎は飛び上がりそうになったが、とてもではないが口を挟めるような相手ではない。まして、デスアダーの語る内容は奇しくも間違ってはおらず、地球はＡＩがはじめた最終戦争により、焦土と化してしまっていた。

「世は暴力が支配する無法地帯と化したが、御方はその偉大なる力で、立ちはだかる敵を全て討ち果たし、遂には世に平穏と安寧を齎《もたら》したのだ――」

「そんな、事が……っ！」

（ねーよッ！）

全く身に覚えの無い内容に、一郎が激しく突っ込む。

そして、断言する事が出来た。

そんなバイオレンスな過去など、自分にはないと。

「御方は〝この世界でも〟秩序を齎し、遍《あまね》く威光を億兆に示されるであろう――」

「は、はいっ！　一郎さんなら、可能だと信じています！」

（出来る訳ねーだろ！）

外で交わされる恐ろしい会話に、一郎は頭を抱える。こんな調子では、他の魔神も一郎に対してどんな認識を抱いているのか、分かったものではない。

話は終わった、と言わんばかりにデスアダーが立ち上がり、愛馬へと向かう。

ピコは慌てて、その背へ声をかけた。

「ど、何処へ行かれるのですか！」

「語るまでもない」

この恐るべき存在が、戦いに赴こうとしているのだとピコは直感する。

同時に、叫んだ。

「や、奴らには、将軍と呼ばれる二体のリーダーがいます……っ！」

「将とは、片腹痛い……」

短く呟き、デスアダーが愛馬へと跨る。

蒼き巨馬は一声、雄々しく嘶《いなな》くと、地ではなく〝空を翔けて〟いった。

「あの馬、空を飛べるんだ……」

ピコは呆然とそれを見送ったが、一部始終を見ていた一郎も少なからず、衝撃を受けていた。

何処の世界に、空を飛べる馬がいるのかと。

反面、奇妙な程の安心感もある。

〝アレ〟に勝てる存在は、この世に存在しないだろうと――

実際、デスアダーの武力は尋常ではなく、彼を打倒しうる存在が居るとすれば、他の魔神たちか、一郎くらいであろう。

まして、オーガ種など本人が語った通り、虫ケラでしかない。一郎がそんな事を考えていると、ピコが遠慮がちにテントの中へと声をかけてきた。

「一郎さん、あの方が行っちゃいましたけど……」

「……みたいだな」

すっかり精も根も尽き果てたように、一郎がゴロリと寝返りをうつ。

とてもではないが、今は何かを考えられそうもない。代わりに、ピコからこの世界に関する知識を少しでも仕入れる事にした。

「ピコ、この世界の事をもっと聞かせてくれ」

「はいっ」

嬉しそうにピコも隣に並び、ゴロリと横になった。一郎は眠気が来るまで様々な話を聞き、ピコから渡された本に目をやる。

そこには変わらず、「階層」という文字が躍っていた。

（階層、か……。結局は上に行くしかないんだろうな。せめて、自分の好きだった〝星空〟の一つでも見てみたいもんだけど）

一郎の30代は入退院を繰り返す日々であったが、入院中には屋上へと上がり、星空を見る事が唯一の楽しみであったのだ。

（星空に地上、か。一番上まで登れば、ここが何なのか分かるんだろうか？）

上の階層を目指すということ――

それにはまず、オーガを何とかしなくてはならない。

この階層を抜けようとするなら、どちらにしてもぶつかる相手ではある。そんな考えに耽る一郎の姿を、ピコがまじまじと見ていた。

「一郎さんは、僕のヒーローです」

「何がヒーローなものか……」

ピコの言葉に、一郎が苦々しい表情を浮かべる。

冷凍睡眠から目覚めれば、訳の分からない世界にいて、訳の分からない力に振り回されている。

これが、ありのままの一郎の姿であった。

こんなものをヒーロー、などと言われても胸を張れる筈もない。

「ヒーローどころか……俺は諦めが悪いだけの、負け犬だ」

「そんな筈ありません！」

ピコが見てきた一郎の姿は何処までも颯爽たるものであり、〝英雄〟以外の何物でもなかったが、その実態は違う。

一郎からすれば、あんな姿は創られた虚像以外の何物でもない。

(日本じゃ、重い病気に苦しんでいる人は幾らでも居た……)

一郎はしみじみ思う。

それでも、多くの人が諦めずに最後まで病へ立ち向かっていた、と。

この男が最後に取った行動は、コールドスリープである。一郎はそれを、一種の〝逃亡〟であると認識していた。同時に、自分の呆れるような諦めの悪さも。

「僕には詳しい事情は分かりませんけど……その、元気を出して下さい。僕に出来る事なら、何でもしますからっ！」

「ん？　今、何でもするって言ったよな？」

「え、えぇ……」

不用意に放たれた一言に、一郎がすぐさま食い付く。

気分を変えたかった、というのもあるのだろう。

「それじゃ、軽く踊って貰おうか」

「ど、どうして踊りなんですか……？」

「いや、ピコ太郎だし、踊りが上手いんじゃないかと思ってな」

「誰が太郎かッ！　あっ、すいません、つい……」

ピコが思わず、素で突っ込んでいた頃――

恐るべき魔神が、オーガの群れへと無慈悲な突撃を開始していた。

PRINCE OF SHOOTING STAR

キャラクターデータ

名前	デスアダー
ふりがな	ですあだー
種族	魔神
年齢	
備考	騎馬 —— 流星号

キャラクタースペック

レベル：555	
体力：50000／50000	
気力：10000／10000	
攻撃：555	魔力：0
防御：555	魔防：255
俊敏：255	

装備／スキル等

愛馬には主君にちなんだ「流星号」の名を与えている。馬と呼べるような可愛い生物ではなく、その力はT.—REXなどの恐竜に近い。

メモ

一郎を唯一無二の主と仰ぐ騎兵。戦乱の世を終息させ、秩序と平穏を齎した不世出の王であると認識している。その忠誠心は何処までも強く、揺るぎない。

透明化や気配遮断など暗殺に向いた多くの能力を所持しているが、彼が戦闘の手段として、それらを使う事は少ないであろう。その拳一つで、神すら打ち砕くであろうから。

【能力】—— 天塵の拳Ⅴ
魔神が繰り出す様々な拳技。相手は死ぬ。

【能力】—— 透明化Ⅲ
姿を消し、触れる事も出来なくなる。

【能力】—— 気配遮断Ⅳ
最早、これを看破するのは不可能なレベル。

【能力】—— 飛行
正確にはデスアダーではなく、流星号の能力。

【能力】—— カリスマⅣ
歴史に残る偉大なる指導者。巨大な国家を率いるに足る、十分な能力。

【能力】—— 恐怖政治Ⅲ
主に恐怖と暴力による、強圧的な支配。長期に渡る支配には向いていない。

【能力】—— 復興Ⅱ
荒廃した世界における復興の指揮能力。平時における内政力は乏しい。

【能力】—— 真魔解放？

覇者の進軍

オーガが気味の悪い笑みを浮かべ、子供たちを追っている。

捕まえようとしているのか、それとも、〝オヤツ〟にでもしようとしているのか、どちらにしても捕まれば、悲惨な結末が待っているであろう。

夢中になって子供を追っていたオーガの頭上に、大きな影が差し込む。

見上げると、そこには蒼き巨馬に跨った一人の男がいた。鋼のような肉体を包む黒き鎧に、全てを飲み込むような紫のマントを翻した人物。

そこから放たれる威圧感と鋭い眼光に、オーガの足が止まる。追われていた子供たちも、思わず足を止めていた。

とてもではないが、その存在が〝人間〟であるとは思えなかったからだ。

「かような蟻が、御方を煩わせるとは――」

瞬間、オーガの肉体が粉々に砕け散った。

デスアダーが上空から舞い降り、そのまま巨馬の蹄で踏み潰したのである。何か、呼吸でもするような動作であり、子供たちは腰が抜けたように尻餅をついた。

「童《わっぱ》ども、将軍と呼ばれる虫ケラは何処にいる——？」

子供たちの一人が、震えながら一つの方向を指差す。

デスアダーが無言で顎をやると、巨馬が凄まじい速度で奔《はし》り出した。

そこは比較的、大きな村があり、将軍と呼ばれる個体が支配する地域である。

村へと奔る途中、何匹かのオーガがうろついていたが、全て巨馬によって蟻のように無言で踏み潰されてしまった。その間、デスアダーは両手を組んだままであり、眼光だけで山をも崩しそうな視線を一点へと向けたままである。

（御方は何故、あのような襤褸《ぼろ》を纏っておられたのか……）

デスアダーの胸中に浮かぶのは、一郎の姿。

ボロボロのローブを纏い、その下にも拾ってきたような服を着ていたのだ。驚くべき事に、足を見れば靴すら履いておらず、裸足であった。

（あれでは、まるで……）

デスアダーの脳裏に、遠い昔の光景が浮かぶ。

荒れ果てた大地に、突如として現れた流星のような存在を。

奇しくも、見渡す限りではこの世界の荒廃も尋常ではない。

それが意味するところとは？

（よせ……我は一介の武人に過ぎぬ）

そこで、デスアダーはピタリと思考を止める。至尊にして、救世の王である御方の深き智略を、自分ごときが窺い知る事など、出来る筈もないと。実際は深き智略どころか、単なる逆レイプ防止というギャグのような姿であったのだが、魔神はそうは考えない。

デスアダーにとっての一郎は、自らの武を凌駕《りようが》する唯一無二の存在なのだ。

（あれが〝蟻〟どもの棲家《すみか》か――――）

流星号が凄まじい速度で駆け抜け、瞬く間に将軍が支配する村へと辿り着く。村の中央の広場には多くの冒険者が集められており、将軍と呼ばれる個体がそれらを遠慮なく嬲《なぶ》っていた。

オーガ種は基本、自分たちに歯向かってきた人間を食わない。

従順な人間を喰らった方が肉が柔らかくて美味いというのもある。昔、手酷く暴れた人間を喰らったオーガが喉を詰まらせ、窒息死したのも一つの原因であった。

「クソッ！　こんなところで喰人鬼に食われて終わるのかよ！」

「諦めるな！　最後まで魔法……ごがッッ！」

「おい、ウズベラ！　嘘だろ！　誰か――ぎゃぁぁぁッ！」

次々と冒険者の頭が砕かれ、胴体が紐のように千切られていく。

勇猛な戦士がオーガの肉体に剣や斧を叩き込むも、武器の方が折れ、刃毀《はこぼ》れする始末であった。

それらを見て、将軍と呼ばれる個体が嗤《わら》う。

「ニンゲン、脆弱。壊レやスい」

オーガたちから畏怖を込めて、将軍と呼ばれる個体——鬼を従えし者《オーガロード》である。

この下には、オーガウォーリアなどの個体も存在しているが、オーガロードの前では子供のような非力さでしかない。

将軍は広場に置かれた不気味な像に向かい、両手で胸を叩く。

その動作はゴリラに似ていたが、オーガ種にとって自らの武勇を誇り、周囲へと見せ付ける大切な儀式であった。存分に己の武を見せ付けたと判断したのか、将軍は次に配下のオーガたちに目をやり、顎をやった。

「戦え。沢山殺しテ、強くナれ」

その声に、配下のオーガたちが立ち上がる。冒険者たちは忽《たちま》ち、恐慌状態に陥った。

村の広場には未だ、40名ばかりの冒険者が居たが、束になっても敵いそうもない。

(この流れは、いけませんね……)

周囲の狼狽をよそに、毅然とした表情を浮かべる男が一人居た。自信があるのか、他の冒険者とは違い、その態度は些《いささ》かも動揺していない。

(何とか時間を稼ぎ、機を……)

そんなことを考えながら、男は狼狽する周囲に声をかける。烏合の衆であれ、彼らを奮起させなければ時間を稼げない。

「皆さん、聞いて下さい――私の名はロバート。とある貴族様から直接依頼を受けた者でね。私の指示に従えば、この場から無事に脱出できることを約束します」

その声に、冒険者たちが即座に食いつく。

この場から逃げられるなら、どんな与太話であっても耳を傾けざるを得ない。

「どういう方法だ!? いや、ここから逃げられるなら何でもいい！」

「貴族様からの依頼って何だよ！」

「依頼なんて、どうでも良いじゃない！ 何か策でもあるなら早くして！」

ロバートはそれらの声に内心でほくそ笑みながら、一つの指示を出す。同時に、将軍と呼ばれる個体――オーガロードに対し、挑発を行った。

「オーガロードともあろう者が、脆弱な人間相手に部下を動かすのですか？」

「…………殺レ」

興味が湧かないのか、将軍は視線すら向けずに短く告げる。

ロバートは一つ笑うと、背中から長剣を抜き放ち、配下のオーガへ一直線に向かう。その手に握られた長剣を見て、冒険者たちの間に軽いどよめきと、困惑が走る。

「え……あれって、まさか……」

「噂の魔剣じゃねぇか！ 本物なのかよ!?」

「あの緑色の刀身……間違いねぇ！ 《風塵の剣》だ！」

疾風のような速度でロバートがオーガへ駆け寄り、抜き手も見せずに足へ斬りつける。

分厚い筋肉に覆われた足が、まるでバターのように斬り落とされた。片足を失い、長身のオーガがバランスを失って崩れ落ちる。

「お、ぉ……オデの足、ガ！」

それを見たロバートは、一気呵成に攻勢を仕掛けた。

膝を突いたオーガの耳に手を当て、容赦なく魔法を解き放つ――！

「吹き荒《すさ》べ――風衝撃《エアーインパクト》ッ！」

耳の穴から直接、風の魔法を叩き込まれ、オーガの頭部がズタズタに切り裂かれた。

脳漿《のうしょう》を撒き散らしながら、オーガが地面に転がり落ちる。

「オーガロード。これを見ても、まだ見物していられますか？」

ロバートの挑発に将軍がニヤリと笑い、後ろの冒険者たちは勇気付けられたように一斉に武器を取って立ち上がった。

「す、すげぇ！　何だよ、あの剣！」

「ありゃ、第三魔法か！　マジでいけるぞ！」

「お前ら、立て！　チャンスは今しかねぇぞ！」

それらの声にロバートが爽やかな笑みを浮かべ、力強く言い放つ。

「皆さん、配下の撹乱《かくらん》をお願いします。オーガロードは――私が討ちますので」

著名な魔剣を持ち、一呼吸で第三魔法を放った男。

突然現れた救世主のような存在に勇気付けられたのか、冒険者が次々にオーガへと襲い掛かった。

経験の浅い者が多いとはいえ、こんな絶好のチャンスを逃すほど彼らもボケてはいない。

「コ、こいツら……！」

「生意気ナ、人間ダ」

「……食エない奴ら。殺ゼッ！」

脆弱な人間が立ち向かってきたことに、一瞬驚いたオーガたちであったが、将軍の前で無様な姿は見せられないと思ったのか、たちまち棍棒を振り上げて襲い掛かった。

あちこちで乱戦がはじまったことに、ロバートは薄く笑う。

（さて、時間稼ぎは成功しましたね……頼みましたよ、相棒）

手にした魔剣をさっと撫で、ロバートが乱戦の中を縫うように走る。

苦戦している連中の横を駆け抜けてはオーガの足を斬り、相手の陣営を切り崩していく。そこに次々と冒険者から魔法が打ち込まれた。

「燃やし尽くせ……炎矢《ファイアアロー》！」

「んの、食らいやがれぇ……！　土弾《サンドショット》！」

打ち込まれる魔法にオーガが怯《ひる》み、脆くも態勢が崩れていく。オーガは肉体こそ強靭だが、集団戦闘には向いていないし、巧緻な陣形や、仲間との連携などとも無縁の存在だ。

彼らの戦い方とは、ひたすら前に進み、目の前の敵を粉砕することしか頭にない。

（これで貰った……！）

ロバートは風塵の剣にありったけの気力を籠め、刀身から緑色の闘気が溢れ出す。この魔剣は、遥か上層に住まう貴族から貸与された「天下六剣」と世に謳われる隠れもなき名剣の一つである。この一撃を与えれば、如何にオーガロードであっても切り裂ける自信がロバートにはあった。

（時間を食うのが、唯一の難、点、か……ッッ！）

人体のエネルギーそのもの、といえる気力が剣に吸い込まれていく。

ロバートの視界が歪み、額に玉の汗が滲《にじ》む。その顔色は加速度的に青褪めていき、吸血鬼に血でも吸われているかのような姿となった。

（リリア……待っていろ。兄ちゃんが、必ず救い出してやるからな……！）

気力を吸い取られる中、ロバートの頭に浮かぶのは妹の姿。

著名な賞金稼ぎだった自分の腕前に目をつけられ、妹はとある貴族に攫われてしまったのだ。

解放する条件として掲げられたのは――最下層に住まうオーガロードの手。

虎の毛皮を飾るように、強さを象徴する〝鬼の手〟を屋敷に飾りたいと、ふざけた要望を叩き付けられたのだ。

（狙うは一点、手のみ……！）

首を獲れ、と言われれば如何に魔剣があっても不可能であっただろう。

しかし、手を切り落として持ち帰るだけならば、勝機はある。魔剣と共に貸与された秘薬をガブ飲みしながら、ロバートは遂に魔剣の〝腹〟が満ち足りたことを感じた。

「皆さん、下がってください！」

乱戦の中にあっても、その声は良く通った。

恐るべき――〝風の鼓動〟に、蜘蛛の子を散らすように冒険者たちが逃げ出し、ロバートは手にした魔剣を高々と掲げた。

「風塵《フウジン》――」

前の語句が放たれた瞬間、大地から大粒の砂嵐が吹き荒れた。オーガたちの視界が奪われるのと同時に、その体に次々と小さな穴が開いていく。

まるで、至近距離からショットガンでも食らったかのような有様である。

「――鎌刃《カマイタチ》ッッッ！」

後ろの語句が放たれた瞬間、ロバートの姿は空高く飛翔していた。

前面にいたオーガが次々と崩れ落ちる中、極限にまで研ぎ澄まされたロバートの視界に映るのは、オーガロードの左手。

砂嵐から顔を守るように掲げられた手に、凄まじい風を纏った必殺の一撃が振り下ろされた――！

――ガギン、と。

聞いたこともないような奇妙な音が響く。

砂嵐が静まり、地に降り立ったロバートの目に映ったのは、傷一つ付いていない左手。

斬り落とすどころか、皮一枚すら斬れていない。

「そん、な…………」

「武器ニ頼る。小賢シい」

これが、普通のオーガロードであれば、見事に左手を斬り落としていたであろう。

この剣には、それだけの力がある。

しかし、目の前に居るオーガロードは普通のオーガロードではない。この劣悪極まりない最下層で戦い続け、殺し続け、遂には「将軍」と呼ばれるまでに成長した個体である。

如何に魔剣を有していても、人の手に負えるような存在ではなかった。

（クソ……ッ！　こんなの想定外にも程がある……！）

ロバートの頭が、目まぐるしく動く。

この場は撤退するしかない、と。態勢を整えた後、再度この最下層に侵入するしかない。

問題はどれだけ金を積んでも、こんな危険極まりない階層に赴いてくれる腕利きの人間は何処にも居ないということだ。

「皆さん、ここは一旦、退きましょう。まずは上に――ぃい――？」

瞬間、ロバートは下半身の感覚を失った。

目をやると、腹から下がない。無い。ナイ。気付けば紙でも千切るように、体を真っ二つに引き裂かれていた。

「あっ……うぁ……」

暗く染まる意識の中、脳裏に浮かぶのは妹の姿。リリアは可憐な白いドレスを纏い、友人たちは手にした花を次々と空に放り投げては、祝福の声を上げている。

それは夢にまで見た、妹の結婚式の光景であった。

「私は、まだ……ごびゃ！」

頭を掴み上げられ、地に叩き付けられた瞬間、ロバートの意識は途絶えた。

その姿を見て、冒険者たちがヘナヘナと座り込む。あれだけの魔剣を持つ剣士ですら、蠅か何かのように叩き潰されてしまったのだ。

最早、抵抗する気力すら根こそぎ奪われてしまったのだろう。将軍が勝ち誇ったように嗤い、巨大な像に向かって両手を掲げた。

「我ラ、剛力ノ神よ……！　一族に祝福あれぇエエい！」

「「ウォォォォオオオ！」」

配下のオーガたちが、唱和するように一斉に声を上げる。

生き残った冒険者たちにとって、それは地獄の雄たけびそのものであり、終わりと死を意味するものであった。

「サテ、後はお前たチの始末だ……」

将軍が更に一歩踏み出した時、村の入り口から凄まじい轟音が響く。

全員がその方向に目をやると、何本もの巨木を以って作られた門が、粉々に砕け散っていた。

舞い上がる土煙の中から、巨馬に跨った偉丈夫が現れる。

それは、万人に死を与える――最凶の魔神。

デスアダーが向けた視線一つで、冒険者たちは次々と腰砕けとなり尻餅をついた。オーガたちも何かを感じたのか、怯えたように後退る。

「ショウグン、アレ、ヅヨイ！　ニンゲ――がひッ！」

「うルさい」

何かを告げる途中で、オーガの頭が無残にも叩き潰される。

将軍も興奮した様子でデスアダーをまじまじと見た。

「お前、何処から来た。お前、倒しテ……更に強くナル」

「うぬが、将を名乗るたわけか――」

デスアダーの目には、将軍の姿がどう映っていたのか。

まるで小石か何かのように見えているのか、緩やかに馬を打たせながら進んでいく。その無造作な姿に、将軍の顔が赤黒く染まった。

「お前、ココでミンチにじでやるッ！」

将軍の右手に力が集まり、その大きさが倍近くになった。同時に、まるで砲丸投げでも行うかのように体を捻じ曲げていく。

オーガロードが所持する能力、《岩窟砕き》の構えである。それを見て、冒険者たちが慌てて広場の端の方へと這いずりながら避難した。

「お、おい！　あの構えって……！」

「言ってる場合か！　早く離れろ！　衝撃で体が持っていかれるぞ！」

あの直撃を食らえば、龍種であっても鱗が砕かれ、魔導兵器《ハイテク》の装甲すら罅《ひび》割れるとまで言われる、破滅的な一撃である。

当然、人間などが食らえば只では済まない。その肉片すら残らないであろう。

オーガロードの全身を巡る血が一気に熱くなり、膨張したように体全体が膨れ上がっていく。

その口から、遂に燃えるような息が吐き出された。

一気に。

踏み出す。

左足を。

大地が罅割れ、砕かれた石の破片が舞い上がる。

将軍の視界の中、それらの破片がまるでスローモーションのように——キラキラと反射した。

「死ネエエえええええええええッッ！」

破滅的な力を宿す右手が、魔神の腹部へと叩き付けられる。

瞬間、辺りに爆発的な暴風が吹き荒れた。

冒険者たちが木の葉のように転がり、オーガらもその衝撃に耐えかねるように両手で顔を覆う。

強烈な暴風が過ぎ去った後、そこに居たのは先程の姿勢のまま、小揺るぎもしていない魔神の姿であった。

その視線は酷く退屈そうであり、オーガロードをまるで、昆虫か何かのように見下ろしていた。

「そんな脆弱な拳では――――蚊一匹、殺す事は出来ぬわッッッ！」

デスアダーの怒りに呼応するように流星号が派手に嘶き、踊るようにその足を持ち上げる。

そして、その巨大な蹄を将軍の胴体へと叩き付けた――――！

巨大なオーガロードが、まるで藁人形か何かのように水平に飛び、全身の肉片を撒き散らしながら後ろの像へと衝突する。

瞬間、像もろとも――――オーガロードの肉体が爆散した。

そのありえない光景に、痛いほどの沈黙が周囲を覆う。

一撃。

たった、一撃。

それで、全てが終わった。

鬼たちを従え、猛威を振るってきた将軍であったが、その最期は恐竜に踏み潰される蟻か何かのようであった。

集められた冒険者たちも、これが現実なのか夢なのか判断がつかないのであろう。

只、呆然と尻餅をついていた。

魔神が巨馬から降り、無造作に顎をやる。

そして、その口から驚くべき言葉が飛び出した。

「流星号、存分に喰らえぃ」

その声を聞いた巨馬が猛然とオーガの群れへと走り出し、呆然とする鬼たちを踏み砕いたかと思うと、生きたままその肉を喰らいだす。

喰人鬼が逆に食われるという光景に、冒険者たちは必死に声を押し殺した。

下手に悲鳴でも上げようものなら、その光景に胃液でも吐き出そうものなら、次は自分たちが食われると思ったのだ。そんな冒険者たちの必死の思いをよそに、デスアダーは村に設置された一際大きな巨像の前に立ち、無言でその拳を振るう。

どれだけの労力と時間が、その巨像に費やされたであろうか？

そんな巨像が、脆くも粉々に砕け散り、悲惨な音を立てながら倒壊した。

「世に像は一つ。億兆が崇める対象は御方のみよ――」

魔神が言い放った台詞に、生き残った冒険者たちが震え上がる。

こんな化物を従え、忠誠を捧げられる〝御方〟なる存在は何者であるのか、と。

広場に戻った魔神は両手を広げ、力強く言い放つ。

「遍く流星を従えし、我らが救世の王――――〝山田一郎〟様の名を讃えよッッッ！」

地を震わせるようなその大音声に、冒険者たちが反射的に声を張り上げる。

力の限り叫ばなければ、絶対に殺されると思ったからだ。全員がその思いを共有していたのか、これまでの人生で一番の大声を喉から搾り出す。

「ヤ・マーダ！」

「……イチ・ロー！」

「イティロー様ァァァァァァッッー！」

「イチロー様ぁぁぁ！　バンザーイッッ！」

「ヤマーダイティロー！」

それらの声に暫く耳を傾けていた魔神であったが、やがて重々しく頷く。彼らの張り上げる声に、絶叫に、真に迫るものを感じたからだ。

無論、命の危険を前にした彼らが、本気で叫んでいたのは言うまでもない。

完全にヤクザが一般人を脅し上げている光景でしかなかったが、流星号の食事が終わったのを見て、魔神は再び騎乗した。その姿を見て、冒険者の一人が恐る恐る声をかける。

「あ、あの！　こ、この剣、なのですが……」

冒険者はロバートが使っていた魔剣を恭しく掲げ、献上するように膝を突いた。

隠しておくと後が怖いと思ったのか、ご機嫌取りのつもりであったのか。世に「天下六剣」とまで謳われる魔剣の一つであり、献上品としては凄まじく贅沢なものである。

周囲の冒険者たちも機嫌を伺うような笑みを浮かべ、上目遣いでデスアダーを見つめた。

魔神は剣を一瞥すると、興味なさそうに吐き捨てる。

「うぬは、そのようなまくらを御方に献上せよと言っておるのか？」

「へ……!?　い、いや、これは、その……」

「まぁ、よい――――品はどうあれ、御方への忠を拒む理由にはならぬ」

流星号が無造作に魔剣を咥《くわ》え、砂埃を上げながら奔り出す。将軍だけではなく、辺り一帯の蟻を踏み潰すつもりなのであろう。魔神が遠くに去ったのを見て、冒険者たちが力尽きたようにヘナヘナと倒れ込む。同じ空間に居る、というだけで生きた心地がしなかったのだ。

「あれは、何だったんだ……」

「人間、なんだよな……？」

「馬鹿言え、あんなのが人間の筈がねぇだろうが！」

「オーガロードが、死んじまったぞ……こんな、ことが……」

「それより、ヤマダイチローってのは誰だ。知ってるやつはいるか？」

「ヤマーダ！」

「うるせぇよ！　もう叫ばなくていいんだよ！」

山田一郎という、聞き慣れない単語に全員が首を捻る。あの口振りから、人の名である事は辛うじて察する事が出来たが、驚いたのは、その人物の事を〝王〟と呼んでいた事であった。

「王って、この最下層の……って事か？」

「いや、ここに王が居るなんて聞いた事もない」

「イティローッッッ!!」

「うるせぇぞ！」

冒険者たちはひとしきり騒いだ後、残された遺体の埋葬をはじめた。

目の前に散らばる無残な遺体は決して他人事などではなく、明日は我が身なのだ。岩狼などに荒らされぬよう、穴を深く掘り、丁重に埋葬していく。

「救世の王、か……」

ポツリと、誰かが呟く。それがどんな存在であるのか、誰にも分からない。

只、この地獄のような最下層においては、つい縋りたくなるような名であった。

「その人についていけば、俺たち帰れるのかな……？」

「ハッ、夢見てんじゃねぇよ」

「でも、さっきの人は……！」

「同じ化物だろうがっ！　むしろ、オーガより怖ぇよ！」

冒険者たちが騒ぐ中——その救世の王とやらは急造したキャンプ地で襲撃を受けていた。

相手は、ミリとオネアのタッグである。

狂乱への序曲

――最下層　キャンプ地

一郎とピコが火にあたりながら、のんびりと雑談していた。

主な内容は、この世界についてである。

相性が良いのか、話が合うのか、二人の会話は様々な方向へと広がっていく。

「……一つ目巨人か」

「冒険者が言うには、一体で国を滅ぼす首領級の魔物として分類されているらしいです」

それを聞いて、一郎の頭に浮かんだのは特撮などで出てくる怪獣であった。

あれと似たような類であるなら、確かに国を滅ぼしてもおかしくはない。中には幾つもの階層を滅ぼした、災害級と呼ばれる魔物まで存在しているらしい。

「ピコは色んな事を知っているんだな」

「両親が昔、冒険者を良く泊めていまして。その時に、〝上〟の色んな話を聞き集めて、本にして遺してくれたんです」

「そうか……」

一瞬、場に重い空気が流れる。その両親はもう、この世にはいない。

重い空気を変えるように、ピコが場違いな明るい声を上げた。

「あっ、そうだ！　一郎さん、干し魚があるんですよっ」

「魚……？」

ピコが干し魚を出したが、一郎は暫くの間、それをじっと見ていた。

手を付けようともしない態度に、ピコが慌てて口を開く。

「す、すいません……一郎さんの口に、こんなのは合わないですよねっ！」

「いや、違うんだ」

一郎の30代は入退院の繰り返しであり、度重なる治療の経緯で〝味覚〟を失っていったのだ。味覚だけではなく、食感も。

最後の三ヶ月に至っては悲惨である。噛む力、飲み込む力も失ってしまい、何かを食べるという事すら出来なくなっていたのだ。

（もう、俺には食べ物の味なんて……）

少量の水で、口の中を潤すだけの日々が蘇る。現代は発達した医学の恩恵で、生きていくために必要最低限の栄養素は点滴だけで賄えてしまうのだ。

生きる屍――という言葉があるが、一郎はそんな地獄のような時間を繰り返してきた。

この男に常人とは違う一点があるとすれば、そこであろう。毎日が、毎秒が、死と向き合うものであったのだから。

落ち込むピコの姿を見て、一郎は干し魚に手を伸ばす。

「ありがたく、頂くよ」

恐る恐る干し魚を口に入れ、噛んでみる。

生まれ変わった頑強な歯は易々とそれを千切り、瞬く間に喉の奥へと嚥下された。

（味、が……！）

保存のためか、干し魚はかなり塩辛い。

口の中いっぱいに広がっていく味覚に、久しく遠ざかっていた海の恵みに、一郎の胸に熱いものが込み上げてくる。

「こんなものしかなくて、すいませんっ」

「……十分、美味いよ」

言いながら、一郎はフードを深く被りなおす。

知らず、視界が歪み、涙が浮かんできたからだ。

（クソ……何で、涙なんか出てくるんだ！）

失ってしまった味覚を取り戻した事に、噛める事に、飲み込める事に。

どうしようもなく感情が揺さぶられ、一郎は暫くの間、無言で干し魚を噛み続けた。

（こんな姿、ジローに見られたら何て言われるか……）

懐かしい畏友の姿が浮かび、一郎の涙がより重くなる。

最後の三ヶ月は、山本が付きっきりで看病をしてくれた事を思い出す。本来なら、世界中を飛び回らなければならない身であったにも拘わらずだ。

重い空気を放つ一郎を見て、口に合わなかったと思ったのだろう。

ピコはまるで見当違いの事を口にした。

「こ、この干し魚は本鱒なので脂肪が少なくて……本当は、一郎さんにもっと美味しい紅鱒を食べて貰いたかったのですが、僕たちには中々、手に入らなくて……」

「紅鱒……？」

「は、はいっ！　脂肪が多くて凄く美味しいんです！　焼いた身に、細かく砕いた岩塩をかけて食べると舌が蕩けるようで……っ！」

「へぇ……」

短い返事であったが、そこに籠められた響きは重い。今すぐに飛んでいって、腹一杯になるまで食いたいとさえ思った。

ピコが言うには、紅鱒はオーガへの献上品であるらしく、滅多に口に出来ないという。

それを聞いて、一郎ははじめてオーガという種に強烈な苛立ちを感じた。美味しい食べ物を自分たちだけで独占するとはどういう了見だと。

（人間を奴隷にして、食べ物まで独占、だと…………）

点滴だけで暮らしていた日々を思い、一郎の胸にドス黒い感情が込み上げてくる。

「あっ、一郎さんっ！　見て下さい、砂リスの巣穴を見つけました……」

「リス？」

ピコが立ち上がり、静かにその穴へと近寄っていく。

そして、腰からナイフを抜いたかと思うと、一気に穴へとそれを突き刺した！

「やりましたっ！　肉です！」

「そ、そうだな……」

リスと思わしき生き物の額にナイフが突き刺さっており、そこからドクドクと血が流れていた。

ピコはそれを宝物のように掲げる。

輝くような笑顔の前に、一郎も引き攣《つ》った笑みを返すしかない。

「早速、血抜きの後に皮を剝いで解体しましょうっ！」

「お、おぅ……」

ピコが手際良く足に切り口を入れ、両手で皮を引っ張る。

面白いくらいにペリペリと皮が剝げ、剝き出しの肉が現れた。

一郎は思わず目を逸らしたくなったが、ピコは鼻歌交じりにリスの腹を裂き、内臓部分を捨てては土の中へと埋めていく。

「この砂袋を早めに取らないと、肉が砂みたいにジャリジャリするんです」

「そうなのか……」

勝手の分からない一郎としては、頷くしかない。ピコはサクサクと肉を小分けにしたかと思うと、次に大きな中華鍋のようなものを取り出す。

そこへ魚油を投入し、肉片を次々と放り込んだ。新鮮な肉の香りと、魚油の独特な香りが辺りに広がっていく。

「随分と、手際が良いんだな」

「ここでは、食べられるものは何でも食べないといけませんので」

言いながら、ピコは小松菜のような野菜を刻み、それも鍋の中へと投入していく。

辺りに広がる香りが、より濃厚になった。

「ピコは、ずっと自炊してきたのか？」

「ええ、もう慣れたものですっ」

そんな言葉に一郎は逞しさを感じつつ、同時に悲しくもなる。

こんな小さな子供が、両親を亡くして一人で生きてきたのかと思うと、やりきれない思いが込み上げてきたのだ。

「一郎さん、上手に焼けましたっ！」

「そうか……じゃあ、遠慮なく頂くとしよう」

現代日本ではありとあらゆる食材が揃っていたが、流石に一郎もリスの肉を食べた経験はない。いや、正確には砂リスと呼ばれる生き物であったが。

ピコから手渡されたフォークを使い、肉片を口の中へ放り込む。途端、柔らかい食感と、濃厚な肉汁が口の中に広がった。

「……うまいな！　口の中で溶けるみたいだ！」

「本当ですか!?　お口に合って良かったですっ！」

「それに、この小松菜もシャキシャキしてるぞ！　シャキシャキだ！」

「はいっ、シャキシャキです！」

何故か二人はハイタッチを交わし、炒められた肉片や小松菜を次々と口の中へと放り込んでいく。

量こそ少なかったが、贅沢な味であった。

「砂リスは小さいので、オーガは獲れないんですよねっ」

「なるほど、あの図体じゃな」

最下層に住まう鬼――オーガが専ら喰らうのは肉と魚であり、野菜や小さな生き物などには目もくれない。だからこそ、こんな環境でも人間が辛うじて生きていくことが出来たのだろう。

「一郎さん、これが本日のデザート……砂リスの目玉ですっ」

「おぉ……！　えっ？」

「ささ、どうぞっ！」

「えっ？」

掌に載せられた、それなりに大きな目玉に一郎の顔が引き攣る。対照的にピコはニコニコとしており、その表情を見ていると悪気はなさそうであった。

「どうしたんですか、一郎さん？　砂リスの目玉は凄く貴重で、栄養価も優れているんですよ」

「いや、流石にこれは遠慮し――」

「……やっぱり、口に合わなかったんですね。すいません、この階層にはこんな貧しい食べ物しかなくて。きっと、干し魚も気を遣って美味しいなんて――」

ピコの目からハイライトが消え、レイプ目となった。

心なしか、全身から黒いオーラまで滲み出ている。

「た、食べよう！　いやー、今日は目玉が食いたかったんだよな～！」

「やっぱり、そうでしたかっ！　ささ、遠慮なくどうぞ！」

（クッソォォォ！　食うしかねぇのか！）

意を決し、一郎が目玉を口に放り込む。

プチッ、と小さな音が響いたかと思うと、口の中に生温い液体が広がった。

「どうですかっ、一郎さん？」

「け、結構なお手前で……」

これまで感じたことのない食感に、一郎の体が微かに震える。

久しぶりの肉に喜んでいたのも束の間。気付けば、妖怪でお馴染みの目玉の親父殿を食わされたような気分であった。

「そ、そんなに震えるほど喜んで貰えるなんて……僕も嬉しいです！　次は岩狼の目玉や、睾丸も用意しますね！」

（何の罰ゲームだよッ！）

一郎は反射的に突っ込みたくなったが、ピコの無邪気な笑みを見ていると何とも言えず、曖昧に笑って誤魔化すしかなかった。

（幾ら食べ物に飢えてるからって、目玉はなぁ……）

手渡された水筒で口を濯《すす》いでいると、頭の中に重い声が響き、一郎は派手に水を噴き出す。

「わぷっ！　一郎さん、何をするんですかっ」

「頭の中に、声がッ！　まさか目玉の親父の呪いとか言うんじゃないだろうな！」

「ちょっ、呪いってどういう意味ですかっ……！　やっぱり、気を遣って嫌々食べたんですねっ！そうなんですねっ!?　一郎さんの馬鹿っ！」

「いや、ちょっ、離れろっ！　絡みつくな！」

ピコと一郎がじゃれあう中、頭に響く声は容赦なく続いた。

聞き慣れた目玉の甲高い声ではなく、周囲に舞う埃すら鎮めそうな威圧感のある声である。

《――御方、御報告があります》

《うぁぁぁ！　やっぱり目玉の、呪っ……》
《御方!?　如何されましたか!?》
《あれ……？　デスアダーか……い、いや、何でもない……》
相変わらず、万人を平伏させそうな重い声である。
一郎が慌ててコマンド画面を開くと、未発動となっていた能力の一つが表示されていた。
そこには機密通信《テレパシー》と記されており、配下の魔神だけではなく、顔を思い浮かべた相手と離れた場所からでも会話が出来ると記されている。
現代人らしく、一郎はこれをスマホのようなものか、と理解した。
（ん……身分偽装？　こんなの発動してたっけ？）
その下に表示されている項目を見て、首を捻る。
慌しい時間の中、何処で発動したのかすら思い出せない能力であった。一郎はこれまでの流れを振り返ろうとしたが、魔神の声に意識を引き戻される。
《将軍なる蟻を踏み潰し、現在は残った蚤《のみ》どもを虱潰《しらみつぶ》しに殲滅しております》
《そ、そうか……仕事が早いね……》
《この地の人間には、御方の名を永世に亘って讃えるよう、撫育して参ります》
（すんげｰ迷惑なんですけど!?）
一郎は思わず叫びそうになったが、反対意見でも漏らそうものなら、首を引き千切られるとでも思ったのか、石のように沈黙した。
《畏れながら……御方はこの先、どのように動かれるのかお聞きしても？》
《そう、だね……敵のボスを狙おうと思っている》
一郎も馬鹿ではない。あれから、様々な事を考えていた。
どうせ戦わなければならないなら、その回数は少なければ少ないほど良いと。
如何に体が健康になろうと、あの厨二行為が続けば先に精神が焼き切れそうであった。
《ハートランド戦略――ですな》
《ん……？　うむ……》
生粋の武人であるデスアダーが、聞き慣れない単語を口にする。
一郎は反射的に、「ディ〇ニーランドの親戚か？」と聞きそうになったが、曖昧に頷き、咄嗟に誤魔化す事にした。この魔神から失望され、抱いている幻想を壊してしまった日には、何をされるか分からない。
良くて火炙り、悪くて牛裂き。
下手をすれば、あの巨馬に括られた挙句、市中引き回しの刑にあう可能性すらあった。
《これほどに蚤が散らばっている現状を見れば、最も有効な手段ですな》
《ん……》
《流石です、御方。その深き智略に、我が蒙《もう》まで啓《ひら》かれた気分であります》

（ヤバイ、何を言ってるのかサッパリ分からん……これ、本当に日本語で会話してるのか……）

一郎の混乱は続いていたが、脇目も振らず、真っ直ぐに心臓部《ハートランド》を衝く、といった戦略である。日本の歴史で言えば、有名な「桶狭間の戦い」なども、これに類するものであろう。

《では、御方。引き続き――む。流星号、食べ残しはいかんぞ？》

《ヒッヒィィン！　ゴリッ、バキャボリボリッ！》

（ちょっ！　一体、何をお食べになってるんですかねぇ!?）

突然、聞こえてきた不気味な咀嚼音に一郎の顔が青褪める。

どう解釈しても、普通の食事では耳にしない類の音であった。

《これは失礼を。流星号は悪食ゆえ、このオーガとやらの骨肉も気に入ったようで。かれこれ、もう200は与えたのですが……む。流星号、歯の間に人差し指が挟まっておる》

《は、ははっ……に、人間は食べないようにね……》

魔神との機密通信を終え、一郎が疲れ果てたように項垂《うなだ》れる。

人馬ともに、あまりにも規格外であった。あの巨馬にとっては、オーガなど鶏か兎のようなものでしかないのだろう。

「ピコ。悪いんだけど、干し魚をもう一枚くれ……」

「は、はいっ！」

先程のえげつない音を忘れるため、一郎はもう一度、干し魚に齧り付く。噛めるというだけで、一郎にとっては幸せを感じられるのだ。

その頃、テントの近くでは――

二人の様子を窺うように、息を潜める人影があった。

ピコの村で話を聞き、おおよその方角を聞いたミリとオネアのタッグである。

「間違いないわね。私の王子はあそこに居るわっ」

「あんなに堂々と火を……やっぱり、王子しゃまは凄いでしゅ！　後、オネアの王子でしゅ」

この階層をうろつく岩狼や、砂虫《サンドワーム》などは火を嫌がるが、逆にオーガからすれば火など目印にしかならない。

よほど腕に自信がなければ、あんな大胆な行動は取れないであろう。

「良い？　打ち合わせの通りに動くのよ？」

「面倒臭いでしゅ……押し倒して既成事実を作……痛いでしゅ！」

「あんたは本当に馬鹿ね！　それで失敗したばかりでしょうがっ！」

ミリが芸術的な角度で頭をはたき、オネアが悲鳴を上げる。オネアの見た目は小学生のようにしか見えないのだが、一郎に関しては飢えた狼のようであった。

「やっぱり、あの方は王子なんだから貞淑な女性を好むと思うのよね……前回みたいな行動は絶対にアウトよ」

「姉しゃま、本当に大丈夫なんでしゅか……？」

「私の勘が正しければ、何とかなるわ」

ミリが立てた推測と、作戦はこうだ。

まず、一郎は何処かの国の王族であるという事。これは間違いない。

そして、何らかの目的があって下の階層へ降りてきている。その目的が調査であるのか、視察であるのかは分からない。

そして、もう一つの推測――

「姉しゃま、王子しゃまの御姿が……！」

「そうね。もう一つの可能性も、捨てきれなくなったわ……」

「服装を変えても、オネアの目は誤魔化されないでしゅ」

「あのスラっとした骨格、見間違えようもないわ」

そこに居たのは絢爛豪華な軍服を纏った王子ではなく、ボロボロのローブを纏った乞食のような姿であった。ミリは改めて、もう一つの可能性を考える。

継承争いなどに巻き込まれて下層へと避難、もしくは潜伏しているのではないか、といったものである。そして、潜伏中であるにも拘わらず、王子は鬼たちに苦しめられている最下層の民衆を見捨てることが出来ず、遂には立ち上がったのだと。

恐ろしいほどの美化であったが、行動だけ見ていると、あながち間違ってはいない。

「行くわよ、オネア」

「はいでしゅ！」

近付いてきた物音に一郎が立ち上がり、ピコもナイフを構える。

暗闇から現れたのは、見覚えのある二人であった。

「君たちは、昼間の……」

「一郎さんのお知り合いですか？」

「『王子にお願いがあります（しゅ）――！』」

二人の声が重なり、一郎とピコが思わず後ずさる。

何か、異様な迫力を感じたのだ。

ミリがオネアに目配せをし、共に声を上げる。

「どうか、三階層に戻るため、王子の助力を願いたいのです！」

「私と結婚してくだしゃい――！」

ピタリと時間が止まり、場に重い沈黙が流れる。

二人の口から飛び出した台詞がバラバラすぎて、一郎の思考まで停止した。

「オネア！　抜け駆け禁止って言ったでしょッ！」

「こ、恋は戦争なんでしゅ！　騙されるより騙した方が良いんでしゅっ！」

「ふっざけんな、この小狐がぁぁ！」

突然の裏切りに、ミリがオネアの首を絞め上げる。

かくも、友情とは脆いものであった。

「け、結婚がダメなら、合体でも構わ、ないでしゅ……！」

「まだ言うかっ！」

二人が騒ぐ姿を見て、一郎は改めて思った。

一刻も早く、この階層から逃げ出そうと――

接近

——最下層　巨大集落

最下層の中でも、最も人口密度が高い集落で一つ目巨人は目覚めた。

彼はその巨体を維持するために多くの食物を必要としており、その眠りも非常に長い。三日三晩寝続ける事など、ザラだ。

起きてすぐ、ギガンテスが異変に気付く。

味方のマーカーが、激減しているのだ。

「何が、起きている……」

ギガンテスが起き上がり、高い天井を見上げた。

深い緑色の肌に、強靭な肉体。その身長はオーガの三倍はあるであろう。全身には魔狼の毛皮を繋ぎ合わせた服を着ており、存在そのものが凶器であった。

「また、減っている……一体、どうなって……」

ギガンテスはその目に、特殊な能力を宿している。

味方の位置・数などを映し出し、瞬時に全体を把握出来る能力だ。

この世界ではかつて、幾度も〝大戦〟が行われたが、ギガンテスの種族は指揮官の傍らに立ち、作戦のサポートを行うのが常であった。

その巨大な目の中で、次々と味方のマーカーが減っていく。

それも10や20ではない。時間が経つにつれ、３００、４００と嘘のような速度でその数を減らしつつあった。

「疫病か……!?」

ギガンテスが慌てて巨大な洞窟から這い出て、集落へと向かう。

そこには大きな川が流れており、今日も多くの人間たちが強制的に駆り集められ、労働に従事させられていた。

最下層に住まう人間はここで、鬼たちが喰らう魚を獲らされているのだ。

どれだけ働こうと労働の対価などは何も与えられず、〝蛇口〟から出る粥のようなものを与えられるのみであった。

これでは健康を維持出来る筈もなく、体の弱った人間から病気となって倒れ、鬼たちは定期的に〝回収〟を行っては労働者を確保している。無論、オーガとて無敵という訳ではなく、時に疫病などが流行れば、それに斃《たお》れてしまう事もあった。

何十年、何百年かに一度、墓地から得体の知れない蟲が這い出てくる事もあり、それらはオーガにとっても脅威となる存在であった。

集落に出たギガンテスは、すぐさまもう一体の将軍——オーガロードを呼ぶ。

「西の方で異変が起きている。様子を見てこい」

「向コうニは、弟が居ますが……」

「死んだ。消えている」

「ソ、ぞンなッッッ！」

「墓地からも見張りが消えた。何か這い出てきたのかも知れん」

「確認じてキまス！」

それを聞いたオーガロードは、配下の鬼を連れて慌てて走り出す。その間も魚の水揚げは続き、強制的に集められた人間たちが幽鬼のような姿で作業を行っていた。

その目は死んだ魚のようであり、どちらが生きているのか死んでいるのか、分からないような光景である。

「コ、コイヅ、ウゴカナイ……クウ」

「コッチモ、ウゴギガニブイ。上ニ売ル」

今日も多くの人間が斃れ、喰われ、上のゴブリンへと売られていく。

この最下層において、それは普遍的な光景であり、不変の光景でもあった。

その頃、一郎は——

何とか落ち着かせたミリオネアのタッグに、上の世界や冒険者と呼ばれる人間について質問を重ねていた。

「それにしても、王子……その格好は？」

「少し、事情があってね」

まさか、「お前らへの備えだ」とも言えず、一郎は言葉を濁す。そこから、矢のような質問タイムがはじまった。

当初は嬉しそうに答えていたミリであったが、段々とその顔が訝しげになっていく。最初は「下々の事なんて、王子は知らなくても当然よね」と思っていたのだが、あまりにも一郎が知らなすぎるのだ。

「冒険者は何故、二階層に降りるんだ？　そこにはゴブリンという種族が居るんだろう？」

「その、奴らは色んな物を持っているので……」

「ゴブリンから略奪しているのか？」

「や、奴らが私たちから色んな物を奪ったり、盗んだりしてるんです！」

ゴブリンは多くの食料や、人間から奪った武器や道具を持っているらしく、それらを目当てにして冒険者は下に降りるらしい。個体としては強くないが、群れになると相当に手強いらしく、それらに追い詰められた者が、命からがら逃げて来るのが最下層であった。

「まぁ、君らは命があっただけ良かったじゃないか」

一郎は軽く答えたが、そこには重い実感が籠められている。死んでしまえば、全て終わりなのだから。どんなに無様でも、不恰好でも、最後まで諦めなければ何とかなる、というのがこの男の信条だ。

「そ、そうですけど……逃げた先がこんな〝地獄〟だなんて」

ミリの言葉に、ピコが片眉を上げる。その地獄の住人であるピコからすれば、聞いていて気持ちの良い話ではない。

「……ふん、地獄で悪かったですね。冒険者サン？」

「べ、別にあんたの事をどうこう言った訳じゃないわよっ！」

「僕の方は、貴方がたに言いたい事が沢山ありますけどね」

最下層に住む住人からすれば、冒険者とは勝手に上から逃げてきて、秩序を乱す存在でもある。冒険者が無謀にもオーガに歯向かい、それによって巻き添えの被害を食らった住人など、過去にどれだけ居たか分かったものではない。

（王子しゃま……早くフードの下のお顔を見たいでしゅ……）

周囲が真面目に話をしている中、オネアは熱い視線を一郎へと注いでいた。その視線は時に胸板に飛び、時に顔へ飛び、時に股間へと飛ぶ。

見た目は可愛らしい魔法少女であったが、その眼光は女豹のそれであった。

そんな視線を知ってか知らずか、一郎の質問は止まらない。その問いは多岐に亘り、まるで園児が母親に世の中の事を何でもかんでも聞いているような姿であった。

「大体、ここは何だ？　誰が作った？　何階層まであるんだ？　地上はどうなっている？　どうしてこんな地下に川が流れて、魚が泳いだりしてるんだ？」

「……えぇっ!?」

「王子しゃまの質問は、哲学的でしゅ……」

一郎の質問には、誰も答える事が出来ない。

そんな事を、考えた事もなかったであろう。ミリは頭を絞りながら、何とかその問いに順番に答えていく。

目の前に居る〝襤褸を纏った王子〟をその気にさせなければ、故郷には戻れないと確信しているからだ。彼女にとって、ここは正念場である。

それに、攫われた女性たちを救うためには、一郎の力が不可欠であった。

「こ、この世界は、その、大昔に大賢者様が作ったと語られていま、す……？」

「疑問形かよ」

「しょうがないじゃないっ！　ぁっ、ごめんなさい…………後、何階層まであるのかは分からないです。私たちも駆け出しなので、あまり情報が……」

「使えねぇな」

「うっさいわねっ！　ぁっ、ごめんなさい……」

一郎はふざけた応対をしながら、相手の妙な硬さを崩そうとしていた。

嘘から出たまことのようになってしまっているが、いつまでも王子などと扱われ、堅苦しい態度を取られていては気が休まらない。

同時に、ミリの言葉を反芻する。

大賢者が作ったなどと言われても、簡単には頷けそうもない。ここより下の墓地には明らかに〝近代的な文明の形跡〟があったからだ。

そして、目覚めた時に見た、まるで宇宙船の内部のような光景。

あれらを見てしまった一郎からすれば、ここが単純に剣と魔法が支配するファンタジーな世界であるなどとは思えず、頭を悩ませていた。

(情報を纏めれば、ここは階層という名が付けられた世界の最下層。そして、何処まで上に続いているのか、誰にも分からないときたもんだ)

一郎は素直に思った——上に続く世界を、見てみたいと。

頭の中に、断片的に散らばった破片が幾つも浮かび上がる。

そこに映るのは、衰弱していく自らの体。

トイレに行く事さえ重労働となり、肩で息をする自分の姿があった。

(今の俺は、恵まれてる……)

幾らでも好きに動き回り、何処にだって行ける。

食べる事も、働く事も、何だって可能だろう。当たり前の事が、健康な体で過ごす日常が、実は特別な時間である事を一郎は知っている。

（行こう。せっかく与えられた二度目の人生だ……閉じ籠もっててどうする？）

一呼吸置いて、一郎は静かに口を開いた。

「分かった。まずは、その三階層とやらを目指そう」

「本当ですか!?　ありがとうございます、王子！」

ミリが飛び上がるように喜びを露にし、ガッツポーズを作る。

「王子しゃま、上に行ったら教会で誓いのキ――むぎゅぐっ」

「オネアぁぁ～？　あんたは暫く、口を閉じてなさい。息もするなっ！」

「そんなの、横暴で……むぐぐっ」

一郎の言葉に喜ぶ二人であったが、懸念もある。この階層にはギガンテスを補佐する、鬼を従えし者が二体も存在しているのだ。

本来であれば、騎士団でも出動させなければならない規模の個体である。

ミリは探るように、その懸念を一郎へと伝えた。

「言い難いのですが……ここには将軍と呼ばれるオーガロードが二体も居て、東西を分けて支配しているんです。何とか、それを避けながら上に行かなくてはなりません」

「あのガチムチには流石に勝てないでしゅ……」

西を弟が、東を兄が。

その両者を従えるのがギガンテスである。

将軍という単語を聞いて、一郎が先程飛んできたテレパシーを思い出す。

瞬間、目の奥から火花が散り、その気配が変わった。

「将軍などと名乗る蟻は、既に踏み潰された――」

「へっ……まさか、王子が倒されたのですかっ!?」

「そんな輩《やから》は私が手を下すまでもない。ピコ、ここを片付けて出発する。巨人狩りだ――」

「は、はいっ！」

慌ててテントを仕舞うピコであったが、一郎から漂ってくる気配に胸をドキドキさせていた。

そこにあるのは、圧倒的なまでの強者のオーラ。

鬼たちを一匹残らず駆逐する、と宣言した時と同じ気配であった。

――集団鳥飛行《マスフライト》
一郎が唱えた魔法に、全員の体が浮き上がる。

それは本来、術者を飛行させるものであったが、集団ごと飛行させるなど、あまりにも規格外の魔力であった。

「う、浮いてる……僕の体が……！」

「嘘でしょ、何よこれっ！」

「はわわわ！」

「で、その巨人とやらは何処に居る――？」

ミリが震えながら指差した瞬間、全員が矢のような速度で飛翔していく。

その速さは、とても目を開けていられない程だ。

「い、一郎さん……本当に大丈夫なんですか!?」

心配そうなピコの声に、一郎は柔らかい笑みを浮かべた。

――ピコ、御伽噺を思い出せ。

「世を騒がす怪物は、王子によって討伐されるのがお決まりだろう――――？」

「い、一郎さん！　今の台詞、凄く格好良いです！」

（こいつ、いま自分で王子って言ったよ！　言っちゃってるよ!?）

一郎の叫びをよそに、凄まじい速度で一行が巨大集落へと向かう。

その頃、魔神は西一帯を暴風のように襲っていた。６００は居たであろう鬼の集団が、既にその数は１００にも満たない。

朝を待たずして、全滅するであろう。

その度に方々の村から「ヤッマーダイティロー！」という謎の叫び声が上がっていたが、本人が見れば腰を抜かす光景であったに違いない。

蹂躙する者

——最下層　西エリア

時は既に朝であったが、最下層のエリアに太陽などは存在しない。様々な光源が照らすのは、全てオーガの死骸ばかりであった。

全て、魔神が騎乗する流星号が踏み潰したものである。

「この辺りの蟻は消えたか……急ぎ、御方の後を追わねばならん」

魔神も流星号も不眠不休であったが、意にも介さずに奔り出す。

彼らの体力や気力は規格外であり、特に休憩や睡眠などを必要としない。魔神が駆け抜ける度、方々の村から熱狂的な声援が飛んだ。

「イティロー！」

「流星の王子様、バンザーイ！」

「……ママ。あのお馬さん、怖いの」

「シッ！　そんな事を言っちゃいけませんッ！」

叫ばなければ殺されると思っている者も居たが、この漆黒の魔神に対して心から叫び、喝采の声を送っている者も多く居た。

この尋常ならざる存在ならば、本当に鬼どもを残らず駆逐してくれるのではないかと。

事実、この最下層には悪を打倒する、都合の良い正義の味方などは存在しなかった。

今、この地を駆けている者も正義どころか、その反対に位置する「魔神」である。

その凶悪さと暴力は、鬼どもの比ではない。一郎という「王」を戴《いただ》いていなければ、彼は全てを支配すべく、全階層に目を覆いたくなるような屍の山を築いたであろう。

「流星号、向こうに蟻どもが群れておるわ」

「ヒィインッッ！」

流星号の速度が増し、レーシングカーのように轟音を響かせながら駆けていく。

やがて、３００ほどの配下を連れた、もう一人の将軍とかち合った。魔神の放つ異様な気配に、オーガたちからどよめきが起こる。

「ナンダ、アレ！」

「ニンゲン、ナノガ？」

「チガウ。コレ、違ウ！」

配下の鬼どもが騒ぐ中、それを率いる将軍はじっと魔神を見ていた。

これが只の人間であれば、オーガロードに睨みつけられただけで、金縛りにでもあって失禁してしまうであろう。

「お前ダな……弟を殺シたヤツはッッ！」

「？」

その言葉に、デスアダーが真顔になる。

そして、呆れたように口を開いた。

「うぬは、踏み潰した蟻の面を覚えているのか――――？」

「ごろず……殺じテやるッッッ！」

将軍が両手を翼のように広げ、力を溜めていく。

爆発的な力が両手に集まり、配下のオーガたちが怯えたように後ずさる。

それは、オーガロードが所持する能力、《岩窟砕き》の両手版。かつて、弟が放った一撃も破滅的な力を宿していたが、これは優に二倍の威力があるであろう。

「粉々……ニ……ん？」

将軍が前に目をやると、そこにデスアダーの姿はなかった。

それどころか、頭上から深い影が差す。

「うエ……飛……プギィイイッッ！」

上空に飛んだ流星号が、そのまま将軍を踏み抜いた。巨大な蹄が真っ先に頭部を粉々にし、そのまま体を真っ二つに引き裂く。

強烈な摩擦熱でも発生したのか、四散した血溜まりにはブクブクと泡まで浮かんでいる。

「そんなスローでは、蚊も殺せんわ――――」

デスアダーの全身から、全てを飲み込むような黒い闘気が溢れ出す。

そこに、破滅的な力を感じ取ったのか、鬼たちの全身がガタガタと震え出した。

この世界では戦士や騎士などのアタッカーが〝闘気〟と呼ばれるものを身に纏い、身体能力を強化したりする。その闘気の色によって、強弱が分けられていた。

即ち、白↓青↓黄↓緑↓赤↓黒である。

人類が到達しうる最高のカラーは黄色とされており、それより上は存在しない。

デスアダーが纏う闘気は、神をも殴り殺しかねない最凶の〝黒〟であった。

「群れた蛆《うじ》どもが我が前に立つなど、烏滸《おこ》がましいわ――――ッッッ！」

その一喝に耐え切れなくなったのか、鬼たちは我先にと背を見せて逃げ出す。

壊乱状態に陥った鬼たちの背に、凄まじい黒の奔流が襲い掛かった。

――――天塵黒龍波《てんじんこくりゅうは》ッッッ！

魔神の右掌から、破滅的な黒の波動が解き放たれる！

それを食らった鬼たちはひとたまりもなく、灼熱の太陽に晒された氷の如く肉も骨も溶け果て、
気付けば地上からオーガの群れは煙のように蒸発してしまっていた。

時間にして、それは一秒あったのか、どうか。

最下層で好き放題に暴れてきた鬼が地上から消滅し、その驚愕の事実はすぐさまギガンテスへと伝わる事となった。

「流星号、駆けよ。いち早く、御方の勇姿を眼《まなこ》に焼き付けねばならん――！」

流星号が力強く大地を蹴り上げ、魔神も一路、東の巨大集落へと向かう。

そこでも、一つの戦いがはじまろうとしていた。

超高速で飛び続けた一行が、巨大集落の上空へと辿り着いたのだ。

（何だ、これは……）

一郎の眼下に広がるのは、幾つもの大きな川と、そこに蠢く人の群れ。何千人居るのかは分からないが、大きな網などを使って魚を掬い上げている光景が広がっていた。

川の中で蠢く人々の姿は疲弊しきっており、今にも倒れそうな者までいる。

「ここが、巨人とやらの棲家か……」

上空から一郎らが降り立つと、そこで働いていた人間たちがざわめきだす。

突然、空から現れたのだから無理もない。だが、そんな小さな声を吹き飛ばすような地響きが近付いてきた。

「はわわっ！　王子しゃま、ギガンテスがきちゃいましゅ！」

「お、王子……ほ、本当に大丈夫なんですよね……？　お願いだから、大丈夫って言って!?」

オネアは生まれたての小鹿のように震え、ミリは恐怖のあまり、最後の方は素で叫んでいたが、一郎はそれには答えず、無言で川の中へと入っていく。

膝を突き、苦しそうにしている少女を見てしまったからだ。

その少女の右手は、肘から先が――無かった。

怪我でも負ったのか、食われたのか、どちらにしても酷い状態である。

「ここでは、そんな状態でも働かされるのか」

「えっ、あ、あの……」

少女の体には無数の傷痕が生々しく残されており、日常的に暴力を受けていることが、容易に察せられた。

「長い悪夢だったな？　良く頑張った」

――星月夜の聖誕祭《スターライト・バースディ》
一郎が気障な言い回しで魔法を唱える。すると、上空から雪と共にソリに乗ったサンタが現れ、キラキラとした祝福の光を降らせはじめた。

少女の体にあった無数の傷が消え、驚くべき事に、欠損した右手が元に戻っていた。

「え……えっ!?」

それは第七魔法と呼ばれる、人には到達し得ない領域の力。サンタが降らせた祝福の光は、少女の右手をもう一度、生まれ変わらせたのだ。

「う、うそ……食べ、られた……手が……」

「嘘じゃないさ。その手はもう、何だって掴み取る事が出来る。今日も、明日も、明後日も、な」

（ジャンプの主人公か！）

口から勝手に飛び出す気障な台詞に、一郎は心中で転げ回っていたが、少女は右手の感触を確かめるように、恐る恐る一郎の顔へと手を伸ばす。

その指が頬に触れた瞬間――

フードの下から覗く、エキゾチックな黒い瞳が少女の心臓を真正面から撃ち抜いた。

「おっ……王子……様……？」

「あぁ、君を救いにきた――」

（嘘つけッッ！　名前も知らねーだろ！）

一郎が盛大に突っ込んでいたが、川を波立たせるほどの地響きが後ろから近付いてくる。遂に、この階層を支配するギガンテスが現れた。

「貴様、何処から現れた……西の騒ぎは、お前が原因かッ！」

普段は泰山の如き威容を誇る巨人であったが、今日ばかりは焦りを隠そうともせず、怒りを露にしていた。自らの両手に等しいオーガロードが、二体とも消滅するという異常事態を前にしては、流石に平然としていられなかったのだろう。

「人間、こっちを向け！　西で一体、何をした！」

巨人が威圧を籠めて叫ぶと、周囲の住人たちが次々と悲鳴を上げながら土下座していく。ギガンテスは一度激怒すると、一国を粉々にするような暴力を振るうのだ。

ミリやオネア、ピコも金縛りにあったように動けなくなってしまった。

この場で、その声を平然と受け止めたのは只、一人。

ゆったりと一郎が振り返ると、そこには山のような巨人が聳《そび》え立っていた。

大きな一つ目に、頭には一本の角。

体には毛皮らしきものを纏っており、手には巨大な棍棒を握っている。まさに、階層を支配するボスに相応しい風格と、暴力を備えた魔物であった。

「何をした、ね。逆に聞くが、貴様らはここで何をしている――――?」

「俺はこの地の王！　一番強い！　何をしようと勝手だ！」

「なるほど。強ければ何をしても構わんのだな?」

「何を当たり前のこ――グギャァァァァぁぁぁッッ！」

一閃。

ギガンテスの右手が斬り落とされていた。

肘から先がゴトリと地面に落ち、巨人が痛みにのた打ち回る。一郎の手には、何時の間にか眩い光を放つ、銀河の星剣が握られていた。

「お前の言を借りて、好きにしてみたが――――中々に気分の良いものだな?」

「ぎ、ぎざっま……手、俺様の偉大な手、ガァァあああァアアアッッ！」

「この少女は片手を失っても働いていたが、お前は痛がるばかりか」

――――随分と弱虫なんだな？

その言葉に、ギガンテスが猛然と立ち上がる。これ以上、人間如きに侮辱されるなど、巨人としての誇りが許さなかったのだろう。

左手に持った棍棒を振りかぶり、一気に一郎へと叩き付ける――――！

「この、ゴミ虫がぁぁぁぁぁぁああああッ！」

山をも崩す威力を秘めた棍棒であったが、それが一郎の体に触れる事はなかった。

そこに立ちはだかったのは、一本の指。

無造作に突き出された人差し指に、棍棒が止められたのだ。

巨人がどれだけ力を籠めてもピクリとも動かず、最後には圧力に耐え兼ねたのか、棍棒が粉々に砕け散ってしまった。

「こん、な、馬鹿な……！　脆弱な人間に……ありえない！」

「脆弱、ね。お前がどう思おうが構わんが……」

「俺は、俺様は……この地の王！　鬼も、人間も、永遠に支配する王だッ！」

「永遠、ね――――その理想を抱いて溺死しろ」

（ひぃぃぃぃ！　誰か、この口を止めてくれぇぇぇ！）

いきなり飛び出した、赤い弓兵的な台詞に一郎が七転八倒する。

しかし、周囲に居る最下層の住人たちからすれば、その姿は何処までも凜々しく、放たれる言葉も全て鮮烈なものばかりであった。

「あれは、誰なんだ……？」

「とんでもなく強いぞ！　有名な冒険者の方に違いない！」

「私たちを救いに来て下さったんだわ！」

「それよりも、ユメ……お前、手が……」

「王子様が治してくれたの！　王子様のお顔、凄く格好良かった……っ！」

「お、王子様だって!?」

住人たちが混乱する中、後ろの三人も固まったままの姿でいた。

強い、などというレベルではない。

完全に人間離れしていた。

「いつ、剣を抜いたの……？　ちっとも見えなかった……」

ミリが自信を無くしたように項垂れる。

彼女は冒険者のランク的には駆け出しとはいえ、才ある剣士であり、それなりに自信を持っていたのだ。

「あんな魔法、見た事がないでしゅ。腕を、戻しゅなんて……」

この世界には回復を担う魔法や、薬などは幾つかあるが、欠損した人体を元に戻すようなそんな規格外のものは存在しない。そんな都合の良い魔法があるとすれば、それは魔法などではなく、〝奇跡〟とでも呼ぶべきであろう。

「一郎さん、凄いです！　ギガンテスの目玉、必ず刳り貫きますからねっ！」

ピコが不穏な事を口にしていたが、懊悩《おうのう》している一郎の耳には入らなかった事が幸いである。

時を同じくして、遥か上空でも透明化した魔神が眼下の光景を見つめていた。

「むぅ……聞いたか、流星号ッ！　御方の尊き唇から紡がれる、宝石のような煌《きらめ》く言霊の数々を！　何と絢爛豪華なる事よ！」

「ヒッッヒィィン！（御方、格好良い！　そこに痺れる、憧れる！）」

「我も、見習わねばならぬわ」

「ヒッッヒィィン！（ご主人は雄々しい方が似合う！）」

遥か上空で魔神が騒いでいたが、眼下でも新たな局面を迎えつつあった。この地獄のような環境から抜け出すべく、一郎が全力で敵を滅するように動き出したのだ。

（こんな羞恥プレイ、やってられるか！　こいつを消そう、消すんだ！　今すぐ！）

一郎の意思に応えるかのように、鼓動と火花が激しく連携し、周囲に大魔力の嵐が吹き荒れる。

暴風のような魔力にローブが妖しく揺らめき、ギガンテスの足元に巨大な魔法陣が浮かび上がった。そこから溢れる、無慈悲なまでの力に巨人が慌てて叫ぶ。

「ま、待て！　そうだ、この地を分けて統治しよう！　それがいい、そうしよう！」

「悪党の最期は、いつの時代も見苦しい――――」

一郎はその叫びに答える事はなく、おもむろに左手を突き出す。その指が軽やかに鳴らされた時、ギガンテスの肉体は恐るべき大魔法に包まれた。

――絶対零度の氷結撃《ダイヤモンドダスト》
瞬間、足元の魔法陣から無数の氷撃が突き上げ、ギガンテスの体が次々に上空へと跳ね上げられていく。

「グギョゲゲッッッ！　アババババァァァァァ！」

最後はその巨体ごと氷結晶の中へと閉じ込められ、集落に巨大なモニュメントが出来上がった。

その圧巻の光景に、周囲が音もなく静まり返る。

数百年に亘って鬼たちを支配し、人間を蟻のように酷使してきた首領級の魔物が、気付けば動かぬ彫刻となっていた。

それだけでも驚愕の出来事であったが、周囲に更なる衝撃が走る。

刹那、一郎の拳がその彫刻を打ち砕いたのだ。粉砂糖の如き氷の結晶が降り注ぐ中、一郎の口から凄まじい台詞が飛び出す。

「ドブネズミに、墓標は要らんな――――」

まるで、映画の1シーンのような光景に後ろの三人が歓声を上げる。

集落の住人たちも我に返ったように騒ぎ出し、大地が揺れるほどの喧騒に包まれていく。残った

鬼たちは、首領の敗北に慌てて集落の奥へと退却していった。

（ふぅ、終わったな……色んな意味で）

ようやく解放されたのか、一郎がホッと一息つく。

しかし、その心が休まる暇はなかった。

右手にはミリが巻き付き、左手にはオネアが、背中にはピコが、何故かユメと呼ばれた少女まで足に絡み付いてきたのだ。

「王子、超絶格好良いぃぃぃぃぃぃぃぃっ！」

「王子しゃま、私の事も閉じ込めてくだしゃい！　拉致監禁束縛、何でも受け止めましゅ！」

「一郎さん、最高に格好良かったです！　でも、一郎さんの好物の目玉がっ！」

「王子様、頂いた手で御奉仕しますっ！」

「ちょっ、離し……ってか、最後の娘は何言ってんの!?」

戦いが終わった後も地上は大変な騒ぎであったが、上空からそれらを見守っていた魔神も、両目から滝のような涙を流し、歓喜の声を上げる。

「流星号、見たか！　御方の偉大なる勇姿を！」

「ヒヒィン！（あれは孕《はら》む！）」

「一刻も早くこの地を平らげ、全てを御方に捧げねばならん――――――！」

「ヒヒィン！（ご主人、奥に餌が逃げていった！）」

「うむ。まずは蟻どもを駆逐し、この地に御方の偉大さを讃える銅像を建立せねばならぬ」

「ヒヒィン！（GO！　GO！）」

本人が聞けば「そんなもん、要らねーよ！」と叫ぶような内容のやり取りを上空で二人が（？）嬉々として繰り広げる。

こうして、最下層を支配してきたオーガたちは僅かな時間で消滅した。一郎たちが次に向かうのは、ゴブリンが支配する二階層。

そして、目指すは人間が支配する――――三階層である。

上下の世界

――三階層　ローランド

冒険者組合、通称ギルドの一室で二人の男が向かい合っていた。

組合長のメルセデスと、都市開発を担う大臣、ベンツの二人である。両人の顔は暗く、何事かに悩んでいるようであった。

「メルセデス君、もう少し上に人を回せんのかね」

「お言葉ですが、大臣。これ以上、下層に対する警戒や警備を疎かにすると、ゴブリンが都市部にまで侵入してきかねません」

「そうならない為に騎士団がある。そうであろう？」

その言葉に、組合長は顔を曇らせる。

大臣は決して、人としては悪くないものの、現場に立った事がないため、どうしても発想が平和ボケしているのだ。

（騎士団など、今では貴族どもの私兵ではないか……）

何らかの大事が起こっても、民の命を守るどころか、其々が心を寄せている貴族の館に集結し、これみよがしに尻尾を振るだけであろうと組合長は考えている。

現在、ゴブリンの脅威から国を守っているのは騎士団ではなく、皮肉な事に日銭を稼ごうとしている冒険者である、というのが現実であった。

「上層からの財宝が、資材が、もっともっと必要なのだ。我々は更に、西へと版図を広げなければならんのだからな」

「繰り返しになりますが、足元を疎かにするのは危険です」

「そうは言うが、冒険者も上に行く事を希望していると聞いているぞ？」

これに関しては、大臣の言が正しい。

下層での依頼は常にゴブリンが絡んでくるため、危険が多いのだ。一匹一匹は弱くとも、集団になると手に負えない魔物がゴブリンである。

迷宮のあちこちに罠を仕掛け、人間並みの集団戦を仕掛けてくるため、あの強靱なオーガですら下層に追いやられてしまったほどだ。

（定期的に〝間引き〟せねば、次に追いやられるのは我々だ……）

ゴブリンは上層へ続く幾つもの抜け穴を作っており、度々ローランドへと侵入しては物を盗み、時には人を攫う。この国にとっては、目に見える身近な脅威である。

（恐らく、城の方々はゴブリンを見た事すらないのではあるまいか……）

事実、貴族や大富豪などが住まう区画は、高い城壁と無数の兵に守られており、魔物が侵入してくる可能性など皆無である。

彼らにしてみれば、蒙昧な地下《じげ》の者が何を騒いでおるか、といったところであろう。

危険に対する心構えや認識に、差がありすぎるのだ。

「メルセデス君。王宮ではむしろ、ゴブリンの数を減らしすぎれば、下の喰人鬼が押し寄せてくる事になりかねん、との懸念も上がっているのだよ」

「オーガ、ですか……」

痛いところを突かれ、組合長の顔が曇る。

あのオーガの集団が三階層に上がってくるような事があれば、壊滅的な被害を蒙《こうむ》るであろう。

今では飾りと化してしまった騎士団などが、対応出来るような相手ではない。

遥か昔、最下層から命からがら逃げ延びた者の報告では、群れの中に「一騎当千」と恐れられるオーガロードや、それすら顎で使うギガンテスの姿まで確認されているという。

そんな魔物が現れた日には、間違いなく国家の滅亡である。

組合長が黙り込んだのをいいことに、大臣は畳み掛けるように言う。

「嘘かまことか、下には首領級の魔物までいると聞く。ゴブリンに対しては階層の入り口を固め、程々に対応しておけばいいのではないのかね？」

「貴重なご意見として、検討させて頂きます……」

「うむ。良い返事を期待しているよ」

大臣が部屋を出て行った後、組合長は長い溜息をついた。

最下層の話より、年々被害が増しつつあるゴブリンへの対処が先であろうと。しかし、一面ではゴブリンの集団がオーガを食い止める〝堤防〟となっているのも事実であった。

「減らしすぎても、増えすぎてもダメ、か……」

答えの出ない難問に、今日も組合長は頭を悩ませる。

冒険者の数は増えつつあるが、新入りを無作為に送り込んでも、犠牲者が増えるだけであった。ゴブリンの脅威、その洗礼を浴びても生き残れる者は決して多くはない。

「腕利きに一度、最下層の様子を探らせるか……」

その日、ギルドの酒場に一枚の依頼が貼り出された。内容は最下層の様子を探り、様々な情報を持ち帰る事である。

それを見た面子《メンツ》は、呆れたようにせせら笑う。

「最下層だってよ」

「馬っ鹿じゃねぇの？　誰が行くんだよ、あんなとこに」

「面倒なゴブリンの巣を突破して、お次はオーガときたもんだ」

「命が何個あっても足りねぇっつーの」

其々がジョッキをぶつけ、喉にエールを流し込む。テーブルの上には塩気のないナッツや、ニンニクで味付けされたもやし、揚げた芋などが並んでいる。

「だが、最下層に行きゃ〝魚〟と〝岩塩〟があるぜ？」

「昔はそれを持ち帰って、大儲けしたのもいるらしいな」

「無事に降りられても、帰る途中でゴブリンに奪われるのがオチだろ？」

三階層には、塩と魚が無い。

上から持ち帰るか、交易商が来るのを待つしかない。幾ら金が欲しいと言っても、最下層にそれを取りに行くのはリスクが高すぎた。

「ミリとオネアも、行ったっきり帰ってこねぇみてぇだな」

「良い女を亡くした……」

「確か、ゴブリンに攫われた連中を救出する依頼だったたか」

「ルーキーどもが連合を組んで挑んだらしいが……命知らずにもほどがあらぁ」

ゴブリンの支配する地域への潜入。

それは本来ならば軍の単位で挑むような内容である。駆け出しのルーキーたちがどれだけ連合を組もうとも、達成するのは不可能に近い。

「上に行くにせよ、下に降りるにせよ、どっちにしろリスクは付きもんさ」

「だな。下手な依頼を受けた日にゃぁ、一つしかねぇ命を失う」

組合長から出された依頼はギルドの安酒場だけではなく、高級酒場にも貼り出された。

ここには駆け出しのルーキーなどは居らず、ランクを持った者が多い。

テーブルの上には高価なワインが何本も置かれ、新鮮な野菜や果実、温かいシチューなどが並べられており、先程の酒場とは雲泥の差があった。

其々が身に着けている武具も、見るからに高価なものばかりである。

「金貨20枚だってよ」

「ルーキーなら、半年は遊んで暮らせる額だな」

「馬鹿馬鹿しい。上の方が安全に稼げるさ」

「しっかし、最下層から生きて戻った奴なんざ、ここ何十年も聞いた事がないんだが?」

「確か、ゴブリンに攫われた女どもの救出に向かったのが居たろ」

「リスキーにもほどがある。ミイラ取りがミイラになって終わりさ」

ローランドでそんな会話が交わされていた頃——

最下層では鬼たちが消滅した事により、人々は戸惑いながらも、少しずつ平穏な日常を取り戻しつつあった。今ではいつも通り魚の水揚げを行い、牛や山羊から乳を搾り、荒れた田畑を元に戻そうと懸命に石などを取り除く作業が行われている。

鬼が居ようが居まいが、まずは食っていけるだけの環境を整えなければならない。

意外にも、それらの作業を細かく指示しているのはデスアダーである。

彼は荒廃した世界から現れた（？）事もあってか、荒れた大地の民衆を率い、復興させる何らかの青写真を持っているらしかった。そんな能力など欠片も持ち合わせていない一郎が、デスアダーに全てを丸投げしたのは言うまでもない。

《御方、これで残りの蛾も全て消えたようであります》

《そうか、助かったよ》

ギガンテスの消滅後も、魔神は精力的に動き続け、残った鬼を残らず消去した。

一郎はその間、寝ていただけである。

失った腕を取り戻し、元気一杯になったユメなどが甲斐甲斐しく世話をしていた事もあり、傍目から見た一郎は王子どころか、幼女に養われるクズそのものであった。

「一郎さん、もう少しで完成ですよっ」

「あぁ、楽しみだな」

今も串に刺した紅鱒が焼き上がるのをじっと待っている。ピコから話を聞いてからというもの、これを食いたくて仕方がなかったのだ。

《デスアダー、俺はこのまま上に向かおうと思っている》

《全世界統一への、第一歩ですな》

（どんなスケールだよ！）

冗談としか思えない言葉であったが、魔神は至って本気である。

一郎はその言葉をさり気なくスルーし、率直に疑問をぶつけてみた。

《デスアダー、ここの人たちをどうすれば良いと思う？　お前の意見を聞かせて欲しい》
《そうですな……まず、食っていく分には問題ありますまい》
デスアダーが言うには、ここには良質の土が多いらしく、各地に点在している村では野菜などが細々ではあるが栽培されているとの事であった。
巨大な川があるため、飲み水や魚にも困らない。一郎も飛行中に確認したが、中央には大きな森が存在しており、西に向かえば廃材置き場もある。
最下層の住人は、そこから様々な道具や資材を調達していたとの事であった。
鬼どもが消えてしまえば、裕福な生活とは言えないまでも、死ぬ事はないであろう。
《御方、我は暫しこの地へと留まり、民の撫育に努めんと考えております》
《そう、だな………何もかも、放り出していく訳にもいかないしな》
幾ら鬼が消えたと言っても、いきなり全てが巧くいく訳ではない。
頭を押さえつけていた者が消えた後、訪れるのは平和ではなく、往々にして混乱である。実際、デスアダーという強圧的な存在が居なければ、混乱は遂に争いにまで発展したに違いない。
各地の村は其々に武装し、残った資源を奪い合うようになったであろう。
(せっかく平和になったんだから、何とかしないとな……)
いきなり現れ、いきなり鬼を踏み潰し、後はお好きにどうぞ、と言えるほど一郎は剛毅な性格はしていない。その点に限って言えば、この魔神がいれば秩序が乱れる事はないであろう。

《そこで、もう一柱の魔神を召喚して頂きたいのです》

《魔神を？》

《我が不在の間、御方に万が一の事があれば、全銀河の損失となりましょう》

（ならねーよ）

大袈裟な反応に心中で突っ込みを入れつつ、一郎は「考えておく」とお茶を濁しながら魔神との会話を打ち切った。誰を喚んでも、大変な事になる予感しかしない。

（大体、魔神というのは何だ……？　何故、彼は俺を知っている？）

一郎は懸命に記憶を探るも、何も出てこない。

第一、現代の日本に魔神などという存在が居る筈もないのだから。そんな疑問に頭を悩ましていると、ピコが明るい声を上げた。

「一郎さん、上手に焼けましたっ！」

「おぉ……それが噂の魚か！」

ピコが焼いた紅鱒の串を差し出し、遠慮なく一郎が齧り付く。

脂肪たっぷりの身がホロホロと口の中で崩れ、粗い岩塩が舌の上で溶ける。久しぶりの焼き魚に、一郎は思わず唸る。

「美味い！　ピコ、もう一串くれ！」

「はーいっ！　どんどん焼いちゃいます！」

「くぁぁぁぁ……おかわり！」

「一郎さん、目玉も残さずに食べて下さいねっ」

「えっ」

二人が楽しく食事をする中、集落のあちこちでも煙が上がる。

鬼が居なくなり、久しぶりにゆっくりと食事が取れる、といったところであろう。

住人たちはチラチラと一郎の方を見ていたが、声をかけるのは畏れ多いと思っているらしく、微妙な距離があった。

（色々と聞きたい事があったんだけどな……）

住人たちの戸惑いや遠慮も、ある意味では当然であろう。

目の前で、あのギガンテスを子供扱いしながら、粉々に粉砕してしまったのだから。

とても人間とは思えない、規格外の存在であった。ミリとオネアが「王子」と呼んでいる事も、事態をややこしくさせている原因の一つである。

「一郎さん、救急食も要りますか？」

「いや、あれは遠慮するよ……」

一郎は最下層の各地に設置されている蛇口から出る「救急食」なるものも口にしてみたのだが、あまりの不味さに吐き出すレベルであった。

（見た目はオートミールみたいだったけど、味は鼻水だったな……）

様々な食事に飢えている一郎ではあったが、あれは生理的に受け付けないものがあり、食べるのを断念した。一郎は焼き魚を口にしながら、浮かんだ疑問を何気なくピコにぶつけてみる。

「確か、上の階層では魚が高級品だって言ってたよな？」

「そうなんです。上から逃げてきた冒険者の方は、魚を見ていつも驚いていますね」

（これ、売れば良いお金になるんじゃないのか？）

単純に、一郎はそう思った。

商売に関して特に知識がある訳ではないが、需要があるものに高い値が付くのは何処の世界でも同じであろうと。

（金さえあれば、この貧しい環境を変える事だって……）

まさに、地獄の沙汰も金次第というやつである。

そうこうしている内に、ミリとオネアの二人が集落の村長を連れて戻ってきた。

「王子、村長を連れてきました！」

「王子しゃま！」

（王子、王子って連呼すんな！）

二人の口にガムテープでも貼りたくなる一郎であったが、本人の口も王子と名乗っているのだからどうしようもない。羞恥プレイはまだまだ、続行中であった。

一郎がそんな懊悩に頭を抱えていると、おずおずと進み出た村長が、丁重な挨拶を行う。

「この度は、何と御礼を申せばよいのか……聞けば、遥か上層の大国の王子であられるとか」

「い、いや、私は只の、何処にでもいる一般人でして……」

「高貴なお生まれ故、名乗れぬ事情がおありなのでしょうな……お察し致します」

(只のサラリーマンだよ！)

だが、一郎がどれだけ否定しようと誰も信じはしないであろう。

ギガンテスを鼻歌交じりに粉々にし、失った手を復活させる魔法を操るなど、王家にだけ伝わる秘術などの類としか思えない。
・ギガンテスの豪腕を斬り落とした宝剣。
・見た目は乞食のような襤褸を纏っていること。
・常に顔を隠していること。
これらを並べていくと、「やんごとなき事情があって、身分を隠している王族」という図が見事に出来上がってしまうのだ。

「そ、それよりも村長さん、この最下層の事をお聞きしても？」

「勿論ですとも！　私に答えられるものであれば何でも」

一郎は思いつくままに生活や環境に関する質問を重ねていったが、気付けばオネアが隣に座り、何故か手を握られていた。反対側にはミリが座り、気付けば両手が塞がれている。

ピコも何故か「あ〜ん♪」と魚を食べさせてくる。

傍目から見れば、絵に描いたようなクズの姿であったが、村長はその姿を見て、「流石は生まれながらの王族である」と益々、斜め上の解釈をしていく。

不本意な状況に耐えながら、一郎は質問を続ける。

「で、では……鬼が居なくなればここで暮らしていく事は出来ると？」

「喰われない、というだけでも十分にありがたい話ですとも……奴らの前では、我々など家畜同然でしたからな……」

一郎としては、こんな場所でまともな生活が出来るとはとても思えなかったが、人間を捕食する天敵が居なくなっただけでも、ここの住人にとってはありがたい話なのだろう。

（デスアダーが居れば、治安的な問題はないだろうけど……）

そんな事を考えていると、横からミリが口を挟んでくる。

しかも、その内容は一郎が思い付いたものと同じであった。

「上のゴブリンが居なくなれば、ここで取れる魚や、塩なんかをローランドに持っていけば良いのよ。絶対に高く売れるわ！」

「あの恐ろしいゴブリンが、居なくなるなど……」

村長は狡猾なゴブリンの姿を思い浮かべ、懐疑的な表情を見せた。様々な罠を駆使し、組織だった戦いをする小鬼《ゴブリン》に、遂にはオーガたちも辟易して下へと降りてきたのだから。

「心配する気持ちも分かるけど、今は状況が違うじゃない？」

ミリのそんな言葉に、村長がハッとした表情を浮かべる。

今までであれば、ゴブリンが居なくなる事態など想像も出来なかったが、一郎の力を目の当たりにしてしまっては、一概に夢物語とも思えなくなってしまう。

自然、全員の視線が一郎へと向けられた。

「まずは……実際に上を見てから考えたい」

「え、えぇ……我々としては、オーガが居なくなっただけでも安心して眠れるというものです」

それに対し、一郎は慎重な態度を取った。

見た事もない生物に、いきなり喧嘩を売るほど一郎は野蛮ではない。但し、この男を光り輝かせんとする能力がどう動くのかは全くの未知数であった。

「王子しゃま、そんなつまらない話よりオネアと遊んで欲しいのでしゅ」

一郎の腕に巻き付きながら、オネアが甘えるような声を出す。それを見たピコは、露骨に舌打ちしながら魚の身を一郎の口へと放り込んでいく。

「つまらないって、結構大事なはな……うぷっ、ピコ、もう良いから！」

「ぷぷっ、怒られてやがるでしゅ。今後、王子しゃまのお世話はオネアがしましゅから。えーと、お前は確か……ペコでしたっけ？」

「ピコだっ！　お前こそ、一郎さんから離れろっ！」

二人の言い争いを振り払うように、一郎が立ち上がる。

そして、ミリの人生を決定付けてしまう運命的な台詞を口にした。

「ミリ、君に渡しておきたいものがある」

所持品の項目から、一郎が無造作に取り出したもの。

それは、デスアダーから献上された「風塵の剣」であった。

世に「天下六剣」とまで謳われる稀代の名剣であったが、一郎は神具ともいえる剣を既に所持しておき、持て余していたのだ。

(俺が持っていても仕方ないしな……剣士っぽいこの子に渡しておくのが一番だろ)

ある意味、要らないものを押し付けたような格好だが、それを渡された方の衝撃は尋常ではなかった。無造作に手渡されたそれは、およそ剣士を名乗る者であれば誰もが欲するもの。

これを手に入れるために、生涯を費やしてもおかしくない、隠れもなき逸品である。

「これ、を……私、に……？」

「あぁ、存分に使ってくれ」

正確に言うならば、それはレア物どころの品ではない。

あえて呼称するならば、国宝級とでも呼ぶしかない代物であった。ミリは震える手でそれを受け取り、全身で包み込むようにして剣を抱き締めた。

(随分と喜んでくれるんだな……って、ちょっと泣いてないか!?)

ミリが泣き出した事に一郎は狼狽したが、彼女の反応も当然であった。ミリは英雄譚に登場して

くる数多の剣士に憧れ、冒険者の道を志したのだ。

「わた、しは……」

そのために、彼女は随分と無茶な依頼も引き受けてきた。誰もが避けるような危険な仕事も率先して請け負い、時には笑われながらも懸命に生きてきたのだ。

(ど、どうすんだよ……これ！　泣き出すとか、予想外にも程があるだろ！)

傍目から見れば、まるで王が名剣を下賜するような姿である。

言い争っていたオネアとピコまで、一様に黙り込んでしまう。

剣を渡した一郎の姿と、それを受け取ったミリの姿がとても神々しく映ったからだ。

「ズルイ……姉しゃまだけズルイでしゅっ！　王子しゃま、オネアも何か欲しいでしゅ！」

「え……いや、他には何も……」

「なら、せめてチューしてくだしゃい！　ぁっ、ベロチューの方でお願いしましゅ！」

「オネア……あんた、どさくさに紛れて何を言ってんのよ！」

「そうだそうだ、このチビ魔法使い！　西の墓地に落ちろ！」

騒ぐ面々を鎮めるように、重い足音が近付いてくる。

散らばった残党を片付けたデスアダーが戻ってきたのだ。流星号の鞍には、まだ血の滴るオーガの首が無造作にぶら下がっていたが、別に首を獲る趣味がある訳ではない。

単に、流星号の〝オヤツ〟にしようとしているのであろう。

「はわわ！　王子しゃま、また化物が出てきましゅた！」

「うっっそでしょ……何よ、あれ！」

「ね、姉しゃま……そ、その剣でアレを追い払うでしゅ！」

「馬鹿言わないでっ！　あんなのに勝てる訳ないじゃない！」

ミリとオネアが叫び、周囲の者たちも腰を抜かしたように尻餅をついていく。

この禍々しい騎兵を前にしては、とても立っていられたものではない。住人の中には失禁する者も居たが、人としてごく自然な反応である。

「只今、戻りました――」

そんな恐ろしい魔神が、一郎の前で恭しく跪《ひざまず》く。

慌てふためく周囲の反応などまるで気にしていないのか、視界に入れるつもりもないのか、彼の瞳には一郎しか映っていない。周囲を落ち着かせるように、一郎は慌てて口を開く。

「か、彼はデスアダーと言ってね！　とても頼りになる部下なんだよ。村長さん、暫く彼の指示に従って貰えるかな？」

「し、しょ、承知致しました……ッ！」

村長が土下座するように頭を下げ、周囲の住人たちも慌てて同じ姿勢を取った。

デスアダーも跪いているため、立っているのは一郎だけである。

（ぐぉぉ……居心地悪すぎだろ……！）

一郎は重苦しい空気を振り払うように、紅鱒を片手に魔神へと歩み寄る。

それを見たデスアダーは、更に深く頭を垂れた。

「お疲れ様。暫く、ここを頼めるかな」

「勿体無き御言葉。万事、遺漏無く事を進めます」

「あっ、これ凄く美味しいから熱い内に食べてよ」

「ありがたき幸せ――――ッ！」

これだけ働いた魔神に対し、その褒美が焼き魚という貧相極まりないものであったが、当の本人は身を震わせて喜びを露にしていた。

一郎も一郎で、長く味覚を失っていたこともあってか、「食事を美味しく食べられる」という事を神聖視しているフシがある。手ずから渡された事が嬉しいのか、デスアダーが珍しく濃い笑みを浮かべ、串刺しされた魚に豪快に喰らいつく。

「これ程に美味な魚は、はじめて口にしますな――――」

「でしょ？　ここの名物になるんじゃないかなぁ」

一郎も暢気に笑い、妙な主従の姿に周囲だけが凍ったように固まっていた。

「それじゃ、皆……準備が終わり次第、上へ出発しようか」

こうして、最下層での騒ぎが終わり、一行は二階層へと向かう事となった。

そこは奸智《かんち》に長けたゴブリンが支配する世界であり、人間の支配が及ばない地域である。

生存者

——二階層　小鬼が支配する世界

そこでは今、二人の男女が息を切らしながら走っていた。

「も、もうダメだぁぁぁぁ！」

「叫んでないで、走って」

ミリやオネアと共に依頼を受けた、他パーティーの生き残りである。彼らは何処までも続く迷宮の中を彷徨《さまよ》い、罠や待ち伏せなどを食らっては、徐々に力を削がれていったのだ。

今ではもう、生存者は二人だけである。

「レオ、頑張って。もう少しで、罠を仕掛けたポイントに辿り着く」

レオと呼ばれた男性は体格こそ良いものの、全身に纏った鎧はあちこちが凹み、傷だらけである。武器も失ってしまったのか、手には大きな青銅の盾があるのみ。

何日も風呂に入っていないせいか、髪も波打ったワカメのようになっており、額にべったりと張り付いていた。背後から迫りつつある小鬼の気配に、レオは必死の表情で叫ぶ。

「も、もう、足が……くそぉぉ！　こうなったら、盾を捨てて身を軽くするしか……」

「何を言ってるの？　盾を持ってないレオなんて只の無駄飯食らいのワカメ。自分に残された最後の価値まで捨てないで」

「お前、土壇場だからって滅茶苦茶言いやがるなッ！」

女性はサッパリとしたボブの髪に、ウサギの耳のような特徴的なリボンを着けており、首元にも可愛らしいマフラーを着け、ふわりとした軽装で全身を覆っていた。

彼女は罠を張ったり、罠を解除するレンジャーであり、重装備は必要ない。

逃げ足だけは滅法速いらしく、レオの前でミニスカートがひらひらと揺れていた。

「ルンバ。俺がやられたら、お前だけでも逃げろ……！」

「うん、逃げる」

「いや、ちょっとは躊躇しろよ！」

ルンバと呼ばれた女性は言葉通り、サクサクと通路を走っていく。

一度だけ振り返ると、短く「ジャンプ」と呟いた。

「えっ、おま……急に！」

レオがフラつきながらジャンプし、重い音を響かせながら角を曲がる。そこには地面に這い蹲《つくば》り、小鬼の足音を探るルンバの姿があった。

「ど、どうする気だ……？」

「シッ。静かに」

荒っぽい足音が、徐々に近付いて来る。

レオの額から汗が流れ、腹の奥底から得体の知れないものが込み上げてきた。それは、捕まればどうなるか分からないという恐怖。

頭の中に、散っていった仲間たちの姿が蘇る。

ある者はなます切りにされ、ある者は罠にかかって命を落とした。圧倒的な数を誇る小鬼の前に、彼らはあまりにも無力であったのだ。

（し、死んで……たまるか。こんなところで……）

レオが懸命に祈る中、ルンバは地面に伏せたまま、微動だにせずにいる。

やがて、頃合良しと見たのか――罠を張った地点に魔力を送り込んだ。

「グゲッ！」

「なっ！　足、に……！」

「グギョ！　罠だ、止まれ！」

通路の向こうから、混乱した声が響く。

ルンバの仕掛けた罠が、無事に発動したのだろう。二人が通路に顔を出すと、５匹もの小鬼が草のようなものに足を搦《から》め捕られ、身動き出来ずにいた。

「す、すげぇぞ……あいつら見事に引っ掛かってやがる！　ざまぁみやがれ！」

「あの地点に〝絡み草〟を仕掛けておいた。勝利のブイ」

「へっへっ。こいつら、どうしてくれようか……」

レオが勝ち誇った表情で笑い、小鬼たちに近付こうとする。しかし、後ろ髪を摑まれ、強引に動きを止められた。

「何しやがる！」

「すぐに仲間が来る。さっさと逃げるべき」

「ふざけんな！　こいつらのせいで、どれだけ酷ぇ目にあってきたか……！」

威勢良く叫ぶレオであったが、小鬼が手にした笛を見て、その顔色が変わる。

あれを吹かれると、何処からともなくワラワラと小鬼が湧いてくるのだ。気付けば包囲され、仲間と切り離されてしまう。

「ルンバ、あれはヤバ………えっ？」

振り返ると、そこにルンバの姿はなかった。

ミニスカートを揺らしながら、遥か遠くまで走り去っている。

「ちょ、俺を置いていくなぁぁぁ！」

慌ててレオも、その背を追うように走る。

二人はそのまま30分ほど走り、ようやく落ち着くことが出来た。

「も、もうダメだ……走れねぇ……」

荒い息を吐き出すレオを尻目に、ルンバは手の匂いをクンクンと嗅いでいた。

その真剣な表情に、思わずレオが問いかける。

「な、何をしてるんだ……？」

「レオの髪を摑んだ手、ワカメ臭い」

「んな事、言ってる場合か！」

「乙女の手を汚した。賠償金を要求する」

「何で俺が金を払わないといけないんですかねぇ!?」

「さっさと出す」

「くそぉぉぉ……何で俺はこんな変な奴と逃げてるんだよ……」

散っていった仲間を思い出したのか、レオは泣きたくなった。

今思えば、気の良い奴らが集まり、頼りがいのある仲間たちだった、と。駆け出しのパーティーではあったが、「いつかは全員で、金の盾を持とう」と理想に燃えていたのだ。

「でも、レオの仲間もワカメ臭いと言っていた」

「勝手に人の思い出を汚すなっ！」

不貞腐れたようにレオは横になり、少しでも体を休めようとする。

いつ小鬼たちが襲撃してくるか分からない状況下であり、休める内に休んでおかなければ、次に命を落とすのは自分であろうと。

（腹減ったなぁ……）

昨日から、レオは何も口にしていない。

水筒に満たした水はあるが、どれだけ水を飲んでも空腹感は癒せない。持ち込んだ食料も、数日で食い尽くしてしまった。

「もぐもぐ。はふ」

（ん……？）

目を開けると、そこには芋に齧り付くルンバの姿があった。

それも生の芋ではなく、ご丁寧に焼いたものである。

「お前、食料持ってたのかよ！」

「うん。ゴブリンの棲家から奪った」

「何で言わねぇんだよ！　こっちは空腹で倒れそうだってのに！」

「そうなの？　じゃあ、レオにもあげる」

「おぉ、ありが……って、皮じゃねぇか！」

淡々としたルンバの姿に、レオが激しく突っ込む。

二人は元々、同じパーティーであった訳ではない。

レオは《金の盾》に所属し、ルンバは《風の靴》に所属する冒険者であった。依頼を受けた４つのパーティーが壊滅し、散り散りとなってから奇跡的に合流できたのだ。

暫しの間、芋を咀嚼する音だけが響き、辺りには静寂が広がった。

この階層には朝や夜といった概念がない。巨大な迷宮の天井には、ふんだんにライトのようなものが取り付けられており、常に一定の明るさに保たれている。

レオは水筒を傾け、喉を潤しながら気になっていた事を聞いてみることにした。

ゴブリンが支配する二階層への侵入。これは、まだいい。

実際、ゴブリンが溜め込んでいる財宝を奪わんと散発的にではあるが、二階層へ降りる者は存在していた。ゴブリンを狩り、耳を持ち帰れば報奨金も出る。

問題は、攫われた女の救出という難事であった。ゴブリンの支配する地域から、何の力も持たない一般人を連れて脱出するなど、正気の沙汰ではない。

「お前は……何でこんな危険な依頼を受けたんだ？」

「攫われた中に、幼馴染が居る」

「へ、へぇ……意外とまともな理由だったんだな」

この変人の口から、そんな言葉が出た事にレオは面食らったように黙り込む。どうせ、常人には理解出来ない奇天烈な理由だろうと思っていたのだ。

「ま、まぁいいか。俺がこの依頼を受けたのはな――」

「えっ、興味ない」

「いや、聞けよッ！　普通、聞くだろ！　こういう場面じゃ！」

「要らないっス」

「いや、聞いて下さい……お願いしますから……」

「しょうがないなぁ。一分だけだよ」

「お前ってやつは、何処まで……」

ルンバの冷たい態度に憤慨するものの、残念ながら語る相手は目の前の女しか居ない。いつ死ぬか分からない以上、レオには相手を選べる選択肢はなかった。

「俺の家は元々、小さいながらも貴族だったんだ。二代前に没落しちまったんだけどな」

「ほーん」

「僅かに残った財産を掻き集めて、ようやくボロい店を手に入れてな。そこで、親父とおふくろは慣れない商売をはじめた」

「没落した貴族が商売。ペロっ、これは失敗フラグ」

「ははっ、まぁその通りだわ。小さい定食屋を開いたんだが、すぐに経営は赤字になって、色んなところから借金することになっちまってな」

「一分経った」

「いや、もう聞けよッ！」

ルンバの冷徹な台詞に、レオが頭を掻き毟《むし》る。

遺言になるかも知れない言葉なのに、相手の態度は何処までもクールであった。

「俺はな、親父とおふくろが残してくれた店を取り戻したいんだ。大きな手柄を立てれば、貴族位を取り戻すことだって不可能じゃない」

「そう」

言えるだけ言えて満足したのか、レオはごろりと横になって目を瞑《つむ》る。

死ぬつもりはサラサラないが、脱出は絶望的だろうと。

早晩、ここも見つかって逃げ出す羽目になる。ルンバはパーティー名の通り、風の靴という敏捷を上げる特別な靴を履いているが、レオは重装備に身を包んだ盾役であった。

狡猾な小鬼から、何度も逃げ通せるとは思えない。

(親父、おふくろ……)

商売下手だったが、今は亡き優しい両親を思い、レオは胸が詰まる思いであった。沢山の思い出が詰まった店も取り戻せず、こんなところで死ぬのかと。

飄々とした態度のルンバも、その顔には色濃い疲労が浮かんでいる。

二人が迎えるであろう破滅は――――刻一刻と近付きつつあった。

繋がる世界

上層へと続く長い階段。

それは太古の昔から、人を拒んできたもの。

本来、最下層と二階層は、人間という種の支配が及ばない地域であった。

その階段を、4人の人間が登っていく。其々に抱く目的は違うが、最下層を抜けて上を目指す、という部分だけは一致している。

(結構、長い階段だな……)

一郎が振り返り、各人の姿を確認する。

ピコは大きな荷物を背負っているためか、顔には若干の疲れが出ていた。体の小さいオネアは、既に肩で息をしている。

一人、意気揚々としているのがミリであった。

その腰には、世に名高い「風塵の剣」を佩いている。デスアダーから受け取ったものの、使い道がないため、一郎がプレゼントしたものだ。

本来ならば、一国の将軍レベルの者が扱う、国宝級の剣である。そんなものを手渡されたミリは有頂天となり、その足取りまで軽くなっていた。

「フンフフーン♪」

今も鼻歌交じりに階段を登り、疲労など何処かに飛んでいるようであった。

それを見たオネアは、顔を歪めて吐き捨てた。

「姉しゃま、機嫌が良さそうでしゅね……」

「あったりまえじゃないっ！　魔剣よ、魔剣！　王子が私にくれたんだからっ！」

「プレゼント一つで、やっっすい女でしゅ……」

オネアの辛辣な呟きすら耳に入らないのか、ミリは上機嫌にぶち上げた。

「天下に名高い魔剣を渡されるなんて……王子を守る騎士に任命されたってことよね？　むしろ、プロポーズと言っても過言じゃないわっ！」

「姉しゃま、オーガ並みの馬鹿になってるでしゅよ」

（あの二人は何を騒いでるんだ……？）

後ろの喧騒に何やら胸騒ぎを感じる一郎であったが、ようやく大きな扉が見えてきた。人を拒むような巨大な扉であったが、その横には人間が辛うじて潜《くぐ》り抜けられるような小さな穴がある。

「ミリ、あの穴は？」

「あれは、ゴブリンに追い立てられた冒険者が大昔に掘った穴なの。いえ、なんです」

「無理に敬語を使わなくていいぞ。むしろ、普通に接してくれ」

一郎からすれば、堅苦しくて仕方がないものである。只でさえ、妙な力に振り回されているというのに、これでは気の休まる暇もない。

「オネアたちも、あの穴を潜って下に降りたんでしゅ」

「そうか。なら、まずは俺が行こう」

一郎が匍匐《ほふく》前進の姿で穴を潜ると、そこには漫画やアニメでよく見た、お馴染みの迷宮のような光景が広がっていた。

無数の壁と、迷路のように入り組んだ道。お馴染みの光景の中で一つだけ違うのは、天井に煌々とした蛍光灯が並んでいる事だ。

他の三人も続々と穴を潜り、二階層へと降り立つ。ミリとオネアのコンビはまだしも、ピコは目の前の光景が珍しいのか、キョロキョロとしていた。

一郎から見ても、この環境は異様の一言である。

「どういう事だ。ここの電気は何処から来ている？」

「デンキ？　一郎さん、それは何ですか？」

「まぁ、何と説明すれば良いのか……ん？」

振り返った一郎の目に、看板が飛び込んでくる。穴の横に打ち付けられた木板には赤い染料で「進むも地獄、戻るも地獄」と記されてあった。

本気で書いたのか、冗談で書いたのか、どちらにしても薄気味悪いものである。

思わず足を止め、考え込む一郎にミリが提案する。

「王子。ここで一旦、休憩を取りませんか？」

「その王子、という呼び方も勘弁して欲しいんだが……」

「それは無理ですっ。私がそう呼びたいんだもんっ！」

ミリが明るい笑顔で言う。まだ固いところはあるものの、多少は慣れてきたのか態度にも若干の変化が生まれつつあるらしい。

最下層のオーガが消滅し、川で思う存分、全身を拭えたこともあってか、出会った時よりもサッパリとしており、本来の凛とした姿に戻っている。

その溢れるような〝若さ〟に、一郎は眩しいものを感じた。

この男は見た目こそ若返っているものの、中身は何処にでもいる社会人である。

「なら、ここで少し休むか」

全員の疲労を見て、一郎も手頃な石に腰掛ける。ピコは初めて見る風景が気になるのか、地面を触ったりしていたが、ミリが注意を呼びかけた。

「ちょっと、ピコ太郎。不用意に地面とか壁を触らないで。あいつらが何処に罠を仕掛けてるか分かったもんじゃないいんだから」

「誰が太郎かっ！」

「落とし穴とか、横から槍が飛び出してきたりとか、上からスライムが降ってきたりとか、ここは大変なんでしゅ……太郎しゃん」

「ピコが入ってない！」

賑やかな声を聞きながら、一郎は懐かしいＲＰＧゲームの数々を思い出す。

踏むだけでダメージを受ける床や、毒状態になったり、パネルに記された矢印の方向に強制的に進まされたりなど、ダンジョンの罠は本当に多種多様であった。

懐かしいスライム、という単語にもつい、反応してしまう。あれも進化を遂げて、様々な種類が生まれたものだ。

合体したり、経験値が豊富だったり、逃げ足が速かったりと、数ある魔物の中でもトップクラスの知名度を誇っていたと言っていいだろう。

「やっぱりあれか。スライムってのは一番の雑魚なのか？」

一郎のそんな言葉に、ミリが激しく反応する。

「とんでもないですっ！　あいつらには斬撃も打撃も殆ど効きませんし、酸性の粘液で、服や鎧を溶かしてきたりとか、とにかく最っっ高に嫌なやつなんだから！」

「そ、そうか……」

スライムによほど嫌な思い出でもあるのか、最後の方は素の叫びであった。

一郎の記憶では、スライムとはスタートの地点の近くにいた雑魚のイメージが強いのだが、この世界におけるスライムは全く別の生物なのだろう。

「姉しゃまは昔、買ったばかりのリボンと革鎧を溶かされて、あのクソ粘液野郎にセコい恨みを持ち続けているんでしゅ」

「うっさいわね！　あんなミスはもう二度としないわよっ！」

（クソ粘液野郎って……）

オネアの舌足らずの口調から飛び出した、汚い単語に一郎が笑う。

見た目は可愛らしいのだが意外と毒舌で、そのギャップが何とも言えない可笑しみを感じさせる娘であった。

「良い？　あれはまだ、この階層を良く知らなかった時に……もがが っ！」

（ミリも、意外と抜けてるところがあるしな……）

一郎の見たところ、ミリは外見からして凛としており、本来なら集団を纏めていくリーダー気質の人間なのだろうと思っている。

只、最下層という環境が環境だっただけに、若干空回り気味で、時にポンコツ臭を漂わせているのだ。今も、その顔には透明のアメーバのようなものを被っている。

一郎は知る由もなかったが、これこそが噂のスライムであった。

不意を突かれると、熟練の冒険者であっても対処には手を焼く魔物である。

「ミリ、それはこの世界のアイテムか何かか？」

「もがっ！」

「はわわ！　姉しゃまが粘液野郎に顔面レイプされてましゅ！　って、こっちにもふがっ！」

上からもう一匹のスライムが落下し、オネアの顔もそれに包まれる。

窒息死でもさせようとしているのか、えげつない攻撃方法であった。

「一郎さん、二人の顔がどんどん変顔に！　凄く不細工ですっ！」

「ピコ、お前も結構言うよな……」

流石に危ないと思ったのか、一郎が手を伸ばして二人からスライムを引き剝がす。

本来ならそんな簡単に出来る事ではないのだが、一郎の腕力の前では如何に強力な粘体種といえど子供扱いであった。

「ぷはっ！　死ぬかと思った！」

「うぅ……粘液野郎はやっぱりファックでしゅ！」

「これがスライムなのか……とりあえず、叩き付けておくか」

一郎が地面にブン投げると、二匹のスライムはあっけなく動かなくなった。

魔法以外の攻撃を殆ど受け付けない粘体種であったが、即死である。二人は礼を言いながらも、横たわるスライムを親の仇のように睨み付けていた。

「で、そのスライムはどうするんだ？」

「勿論、解体して売るわ！　スライムは高く売れるんだからっ」

「こいつは女の敵でしゅ……」

　ミリはナイフで円を描くように傷を付け、中の液体を取り出す。

　全てを搾り出した後、そこには透明なビニール袋のようなものが残った。

「……それは、何に使うんだ？」

「これを革袋の内側とかに張って、水漏れしないようにするの」

「なるほどな。そっちの液体は？」

「熱すれば接着剤になるの。用途が多いから、ギルドでいつも素材募集がかかっているのよね……面倒だから、あまり受ける人は居ないけど」

　見ると、オネアが何かの魔法を唱え、粘液を冷やしていた。

　完成したものを触ってみると、ゴムのような弾力があり、粘着性はなかったが、使用する時に熱すると接着剤のようになるらしい。

（何だろうな。ちょっと、面白いんだが……）

　一連の流れを見て、一郎は少し楽しくなっている自分に気付く。

　幾つになっても、男はこういった〝狩猟〟が好きなのかも知れない。

　近年でも、様々なモンスターを狩って素材を収集するゲームが大ヒットしていたのを思い出し、一郎は妙な気分に浸っていた。

　休憩も終わり、二階層に慣れている二人を先頭にして一行が進み出す。ピコは本を片手に、迷宮の壁に生えている茸《きのこ》や、地面に生えている草などを熱心に観察していた。

「ピコ、不用意に触ると危ないらしいぞ」

「この本によると、この辺りの植物は食べられるらしいんです」

「衛生的に怖すぎるんだが……」

「見て下さい。こっちは迷宮茸、コリコリしてて美味しいとあります。こっちは、ゴブ菜とありますね。漬物に適しているようです」

ピコが見ている本には「迷宮飯」と胡散臭いタイトルが付いている。

どう考えても腹痛案件であり、毒や麻痺などと親友になれそうな本であった。

「普通のものを食った方が良いと思うぞ。いや、絶対にそうしよう」

「でも、目玉だけじゃ、一郎さんの栄養が偏ってしまいますし……」

「食わねーよ！　いい加減、目玉から離れろ！」

「どうしてですか！　あんなに美味しいって言ってたのに！　やっぱり、僕の事は遊びだったんですねっ！」

「ちょ、人様に誤解されるような事を言うなっ！」

二人が揉み合っていると、ピコの袋から一冊の本が落ちる。本の表紙には「魔物飯」という驚愕の文字が記されてあった。

それを見て、一郎の顔が青褪めていく。

「ピコ、お前っ……何を食おうとしてるんだ！」

「ぼ、僕は一郎さんの健康を考えてっ！」

「ふざけんな！　俺はゲテモノ料理のリポーターか！」

騒ぐ二人を尻目に、前方からミリの動揺した声が聞こえてくる。

「何、あれ……誰かゴブリンに追われてる？」

「あのワカメ頭……見覚えがあるでしゅ」

慌てて駆けつけると、一組の男女が必死に何かから逃げている。

その後ろには、複数の小鬼の姿――

其々の手には斧や弓、剣などを装備しており、体には鎧らしきものまで纏っている。ゴブリンは女好きなのか、ミリとオネアを見て嫌らしい笑みを浮かべた。

「ゲゲッ、女が増えた」

「グギョギョ。長が喜ぶ」

「俺たちも喜ぶ」

その耳障りな声色に、一郎の顔が歪む。かつて、「ゴブリンは人間の女を苗床にする」と聞いた事を思い出し、不快感が込み上げてきたのだ。

（あの二人はミリたちの知り合いか……？　放ってはおけないな）

追って来る小鬼の姿を見ながら、一郎は静かに身構えた。

接敵

前方に見知った顔を確認し、ルンバの表情が僅かに動く。

とうに殺されたか、捕まったと思っていたミリとオネアの姿である。その後ろには見慣れぬ人間も居たが、数が多ければ多いほど助かる可能性は高まる。

「レオ、二人が生きてた」

「おぉぉ！　信じられねぇ！」

レオも二人の姿を見て、歓喜の声を上げる。

盾役とレンジャーだけでは、逃げるのに精一杯で脱出など覚束ない。しかし、ここにアタッカーが加われば話は別だ。

「これでワカメは不要になった。シッシッ」

「お前が言うと、冗談に聞こえないんだよッ！」

騒ぐ二人の下へ、ミリが一直線に駆け寄ってくる。これまでの彼女とは、別次元の速度で。

ルンバはレンジャーらしく、その異変にすぐさま気付いた。

（あれは……噂の魔剣？）

ミリが手にしている剣は絵画にもなり、広く世間に伝わっている魔剣に似ていた。著名すぎて、偽物なども出回っていることで有名な剣である。

その存在に、レオも遅まきながら気付いたのであろう。慌てた様子で声をかけた。

「お、おい……！　ミリ、その剣は」

「そんなの後回し！　先に後ろのを片付けるわよッ！」

疾風のような速さでミリが駆け抜け、手にした魔剣を振るう。

軽く薙いだ一太刀で、ゴブリンの首が二つ宙に舞った。ミリはそのまま横の小鬼に向け、真っ向から剣を振り下ろす――――！

「グベッ！」

バターでも切るように、たちまち小鬼の体が真っ二つとなった。その凄まじい切れ味に、残った一匹が逃げ出そうとするものの、オネアの放った魔法がその頭部を打ち抜く。

「ふん……ゴブ野郎は地獄に落ちろでしゅ」

追って来たゴブリンが一瞬で掃討され、場にホッとした空気が漂う。

それが、致命的な隙を生んだ。壁の向こうから、甲高い笛の音が響いたのである。

狡猾なゴブリンは前衛に標的を追跡させながらも、一匹は不測の事態に備え、後方に控えていたのだ。当然、角笛を吹いて仲間を呼ぶ役割である。

「まっずい、角笛を吹かれた！」

ミリが慌てて振り返るも、既にルンバの姿は無かった。

それどころか、後ろに居た一郎の手を引いて走り出している。

「そこのホームレス。早く逃げる」

「お、おい……手を引っ張るな！」

「すぐに包囲される。ここはレオを囮にして逃げる場面」

「さらっと俺を生贄にすんなッ！」

事態が摑めないまま、包囲という言葉を聞いて一郎も走り出す。

こんな場所で、得体の知れない生物に囲まれるなど背筋が寒くなる話であった。

後ろを見ると、他の面子も慌てて逃げ出していたが、その周囲から次々と湧いてくるゴブリンの姿に一郎は目を剝いた。

(何だ、こいつら……!?)

その動きは前後左右から追い立てては、獲物を一箇所に追い詰めていくもの。

戦闘というよりも、狩りの動きである。

「ギョギョ、右3」

「ロロロ、後ろ5！」

「6から箱へ！」

後ろから聞こえてくる意味不明な言葉の羅列に、冷や汗が流れる。小鬼たちは見た目こそ醜悪であったが、その動きは規則正しく、軍隊のように正確だ。

一郎は右も左も分からないまま、迷宮の中を走り回る羽目になった。

(俺一人だったら、確実に迷子コースだな……)

実際のところ、小鬼から必死に逃げ回り、徐々に追い詰められ、疲労したところを狩られてしまう冒険者は後を絶たない。

幸い、先頭を走るルンバは迷宮を把握しているのか、迷いがなかった。先導してくれる彼女が居なければ、たちまち狙いの地点に追い込まれていたであろう。

やがて、前方に左右へ広がる分かれ道が現れたが、ルンバは一度だけ振り返り、短く告げる。

「ミリ、ここで二手に分かれる。A-30で合流」

「相変わらず、勝手ねぇ……言っとくけど、王子に手を出したら承知しないわよっ!」

王子、という単語にルンバは僅かに首を捻ったが、深く追求する暇はなかった。一行はそのまま迷宮を走り続け、ようやく追っ手の気配が遠ざかっていく。

長い逃走劇にも一郎は疲れを感じなかったが、後ろにいたレオは息も絶え絶えの状態であった。

「あんた、大丈夫か?」

「大丈夫、と言いたいが……正直キツイ。いざって時は、俺を置いて逃げてくれ」

「分かった」

「ちょっ……どいつもこいつも、あっさり頷きすぎだろ！」

「そんなに褒めるな」

「褒めてねぇよ！」

そんな軽口を叩きながらも、一郎の心に浮かぶのは醜悪なゴブリンの姿。

この男のイメージでは、ゴブリンなど雑魚の代名詞のようなものだったのだが、先程の動きを見ている限りでは、狡猾な狩人のようであった。

（あれがゴブリン、か……オーガが逃げ出したのも、分かる気がするな）

あれほど組織的に標的を追い詰めていくのであれば、力任せのオーガでは太刀打ち出来ないだろうと思ったのだ。実際、長い闘争の果てにオーガは徐々に追い詰められ、辟易したように最下層へ下った歴史がある。

「合流地点に急ぐ。付いて来て」

飄々とした態度で、足音も立てずにルンバが歩き出す。

疲労というものを全く感じさせない少女の姿は、一郎から見ても異常であった。

「あの子は、マラソン選手か何かなのか？」

「マラ……？　足元を見ろよ、ルンバは風の靴を履いてやがるんだ」

「風の靴、ね……」

いかにも素早さなどがアップしそうな名前であったが、一郎としては、ルンバという名前の方が気になってしまう。

どうしても、勝手に掃除をしてくれる円形のロボットが浮かんでしまうのだ。

「あの子はきっと、綺麗好きなんだろうな」

「はぁ？　それより、あんたは誰なんだ？　ミリたちの知り合いか？」

「まぁ、下で知り合った仲だ」

程々にぼかしながら、一郎は前を歩くルンバに声をかける。

頭に着けたリボンが可愛く揺れ、そこに居るだけで迷宮の雰囲気を変えてしまうような不思議な空気を漂わせた少女であった。

「あの三人は大丈夫なのか？」

「心配ない。ミリは迷宮を区画で把握してる」

「この先に、合流地点があるのか？」

「A-30には水や食料、罠も用意してある。百人乗っても大丈夫」

（物置かよ……）

電波な台詞に一郎は思わず突っ込みそうになったが、自分が一番あらぬ事を口走っていることもあってか、何も反応せずにいた。

「本当は、百人来たら困る」

「お前、変な電波でも受信してるのか？」

「デンパ？　何か美味しそう」

「美味くねぇよ。とにかく、先を案内してくれ……」

ルンバの先導の下、一行が辿り着いた先は廃材が積み上げられた区画であった。中に入ると既にミリたちは到着しており、束の間、再会を喜び合う。

とはいえ、ここは恒久的に安全な場所ではない。

女性陣はすぐさま表情を引き締め、今後について話し合いを開始した。

この階層のことを何も知らない一郎は余計な口を挟まず、レオも疲れ果てたように座り込んだ。

ピコは一人、水筒を傾けながらキラキラとした笑顔を見せる。

「何はともあれ、一郎さんが無事で良かったですっ」

「そっちもな。あの数には正直、驚いたが」

「何だか、オーガとは別の怖さがありましたね……」

最下層の鬼はストレートに暴力を振るってくる存在であったが、この階層を支配する小鬼はじわじわと迫ってくる、息苦しさを感じさせる存在であった。

「とにかく、ここで少し休ませて貰おう」

「はいっ。奥に食料が備蓄してあるらしいので、見てきます」

一郎も適当な廃材の上に座り、あちこちを見回す。辺りには朽ちた木材や錆びた鉄骨、何の用途があるのか分からない奇妙な像などが散らばっていた。

辺りの空気も淀んでおり、決して居心地が良い場所ではない。

レオも廃材の中に紛れ込むようにして寝転がっていたが、確認するように口を開く。

「あんた、イティローって名前なのか」

「一郎だ。そっちの名は？」

「俺はレオナルド・ディカプリオだ。皆からはレオって呼ばれてる」

「ぶはっっ！」

思いがけない名に、一郎が盛大に吹き出す。

名前は何処ぞの俳優のようだが、レオの見た目は何というか「もっさい」のだ。

「失礼な奴だな……！　人の名を聞いて笑うやつがあるか」

「いや、それはすまなかった。でも、お前もディカプリオに謝罪しろ」

「何の謝罪だよッ！」

「あと、お前は船に乗らない方がいい。きっと沈没する」

「何の話をしてんだ！」

二人がどうでもいい事で言い合う中、女性陣は真剣な面持ちで現在の状況を確認していた。

この場所も早晩、発見されるであろうと。

極めて深刻な状況であったが、ルンバは気になっていた事を先に確認する事にした。

「ミリ、その剣は？」

「うふふ……気付いた？　ねぇ、気付いちゃった？　ねぇねぇ！」

「ウッザ」

「王子から貰ったのっ！　すっごいんだから、この剣！　愛の魔剣よ！」

「愛？　性の喜びを知りやがって……」

嚙み合っているのか、嚙み合っていないのか、二人の会話はフリーダムだ。

ミリの浮かれっぷりにオネアは「ケッ」と吐き捨てたが、剣の性能は本物である。装備者の敏捷を桁違いにアップさせるだけでなく、その切れ味は超一級品だ。

この絶望的な状況下から、脱出する切り札になりうるであろう。

「王子って、あのホームレスのこと？　あだ名？」

「王子は王子よ。っていうか、私の王子に視線を向けないで」

「オネアの王子でしゅ！」

三人の話題は徐々に脱線し、一郎の話ばかりになっていく。

寝転がっていたレオまで、呆れたように笑った。

「あんた、随分とモテるんだな。あんなじゃじゃ馬たちをどうやって手懐けたんだ？」

（俺がモテてる訳じゃねーよ……）

あの妙な能力が作り出す、キラキラとした姿に惹かれているだけに過ぎない――その事を誰よりも知っている一郎は口を閉ざしたままでいた。

「一郎さんっ、沢山持ってきましたよ！」

ピコが奥から持ってきたのは、ドライナッツや瓶詰めにされたピクルス、干し肉などであった。

ルンバは火を使わずに食べられるものを、狙って調達していたのであろう。

こんな状況下で食料を集め、貯蔵までしている手腕は尋常ではない。

（大したもんだな。あの子が居なければ、どうなっていたやら……）

一郎はルンバという変わった名の少女に対し、素直に感心してしまう。自分が一人で来たなら、迷子になって慌てふためくのが関の山だったであろうと。

「とにかく、今は体を休めましょ。連中が寝静まってから行動開始よ！」

ミリが手を叩きながら、凛とした声を飛ばす。元々のリーダー気質に加え、今の彼女は著名な魔剣まで手にしている。

全身から自信が漲《みなぎ》っているようでもあり、全員がその指示に従った。

夜半――

見張りをしていた一郎は、フラリと外に出た。

この男の体力と気力は規格外であり、不眠不休であろうと特に支障はない。

（この上に、人が住む世界があるのか………）

目覚めてからというもの、一郎が見てきたのは化物が支配する世界ばかりであった。人が住んでいる世界を、村を、街を、道を、食べ物を、あらゆる全てを見てみたい。

一郎は子供のような気持ちで、そう思った。

（もう、色彩のない世界はこりごりだ）

病室に長く居ると、そこが閉ざされた無色の空間なのだと嫌でも気付いてしまう。

窓から見える景色に変化はなく、ガラスの向こうは酷く遠い世界であった。

唯一の変化があるとすれば――それは、空の存在。

「見たいな……」

空は一郎に目の覚めるような青色を与え、様々な形をした白い雲には心を癒された。

夕焼けの空には懐かしい少年時代を思い出し、夜空に浮かぶ星々は希望を与えてくれた。一郎にとっての空とは、変化と色彩を与えてくれる、余りにも特別な存在であった。

「何を見たいの？」

振り返ると、そこにはルンバが立っていた。

眠そうな目をしているが、その視線はやけに強く、一郎の全身を捉えている。

「気にしないでくれ。こっちの話だ」

「なら、私の足をずっと見ていたいのだと判断する」

「別に見たくねぇよ」

そうは言いながらも、ミニスカートから覗くルンバの足は細く、嫌でも目立つ。

一郎は視線を戻し、周囲の廃材へと目をやる。そんなつれない態度もまるで気にならないのか、ルンバは一郎の隣に並び、遠慮なく口を開いた。

「ホームレス王子に幾つか質問がある」

「誰がホームレス王子やねん！」

「シッ、声を小さく」

「うっ……」

音もなく突き出された人差し指を唇に当てられ、一郎の口が塞がれる。

どうにも調子が狂わされる少女であった。

「あの魔剣を、何処から？」

「別に。下で拾ったものだ」

「じゃあ、次の質問。あの二人をどうやって手懐けたの？」

「一時の、熱病みたいなものだ」

虚像の姿を見て、勝手に騒いでいるだけだと言外に伝える。

実際、一郎に手懐けた覚えなどはない。

「あの二人はかなりのじゃじゃ馬。妙な男に踊らされるほど、簡単な女じゃない」

「暫くすれば、目も覚めるだろうよ」

「逃げちゃダメ。ちゃんと認知して」

「いつ俺が孕ませた！」

「シッ、声を小さく」

「ぐっ……」

再び人差し指を唇に当てられ、一郎が悶絶する。

永遠に終わらないコントであった。

「ホームレスパパ王子はローランドへ行くつもりなの?」

「……山田一郎だ。二度は言わんぞ」

その言葉にルンバは可愛く首を傾げ、珍しく笑顔を見せる。普段が無表情な分、一郎にはそれが酷く新鮮なものとして映った。

「……山田。変な名前」

「お前にだけは言われたくないな。さっさと掃除でもしてきてくれ」

「何故、私が掃除好きだと分かったのか」

「やっぱり、好きなんだ………」

訳の分からない会話を打ち切り、一郎は無言で寝床へと戻る。見張りを交代してくれるのかと思いきや、何故かルンバも後ろからついてきた。

「お前、見張りを交代してくれるんじゃないのか?」

「夜更かしは肌の大敵。レオを叩き起こす」

「どんだけフリーダムなんだよ……」

叩き起こされたレオが「オファッ!?」と妙な声を上げていたが、一郎はそのまま毛布を被り、目を閉じた。他の面子も疲れているのか、ぐっすり寝ている様子である。

「ルンバ……お前、蹴って起こすやつがあるか！」

「もう、お爺ちゃんったら。さっきも寝たでしょ？」

「人をボケ老人みたいに言うな！」

「……さっさと去《い》ね」

「ヒッ！　急に怖い声で言うな！」

二人のそんな馬鹿なやり取りを聞きながら、一郎も束の間の休息に入った。次はこんな場所ではなく、柔らかいベッドの上で横になりたいと願いながら。

蜘蛛の糸

——二階層　箱の間

その日、ミレーユは最悪の気分で朝を迎えた。

ゴブリンに拉致され、ここに閉じ込められてから何日経ったであろうか？

城下にはゴブリンに警戒するようにとのお達しが出ていたが、まさか自分がその被害にあうなど想定もしていなかったのだ。当初、この部屋には30人ばかりの女が居たというのに、次々と呼び出されては数が減っていき、今では10名足らずとなった。

男に至っては更に悲惨である。捕虜となった者たちはすぐには殺されず、縛り上げられた上で様々な武器の「試し切り」へと使われるのだ。

時には幼いゴブリンの練習台として、膾《なます》に斬られる事も珍しくない。

今日も一匹のゴブリンが女を閉じ込めておく「箱」と呼ばれる部屋の扉を開け、嫌らしい目付きで女たちを見回していた。

（どうか、こっちに来ませんように……！）

ミレーユが顔を伏せ、他の女たちも一斉に下を向く。

目が合っただけで、そのまま連れて行かれる事も珍しくない。

いつかは国が、親が、自分たちの失踪に気付き、救助隊を出してくれると期待していたのだが、それらも今ではもう、淡い夢と化した。

国がそんなものを出す筈もなければ、親が依頼を出したとしても、そんな危険な仕事を引き受けてくれる物好きな冒険者などは居ないと。

怯える女たちを見るのが愉《たの》しいのか、ゴブリンがゲラゲラと嗤う。

「ゲッゲッ、残念だが今日は違う。お前たち、新しいお仲間が来るぞ」

その言葉に、陰鬱とした空気が流れる。

また誰か拉致されたか、上から来た冒険者が捕まるのだ、と。

「女が三人だ。捕まえれば、ここから三人向こうに運ぶ」

ゴブリンのそんな言葉に、箱の中に絶望感が押し寄せる。小鬼たちが言う〝向こう〟など、想像するのもおぞましい。

ゴブリンは嗤いながら唾を吐き捨てると、扉を閉めて出ていった。ミレーユは思う――どうか、その人たちが捕まりませんようにと。

だが、それは根本的な解決にはならない。捕まらなくとも、このままではいずれ向こうに連れて行かれる事になるのだから。

（ルンバ、父さんのことをお願い……）

ミレーユの頭に、冒険者となった幼馴染の姿が浮かぶ。彼女が冒険者となった際、父親と一緒に無事を祈ってプレゼントを贈ったのだ。

本来ならば、CランクやBランクの冒険者が所持するであろう逸品を。

周囲の女性から、泣き声が漏れだす。

一人が泣き出すと、それにつられたように部屋の中は涙一色となった。ミレーユは泣き出したい気持ちを必死に噛み殺しながら、懸命に祈りを捧げる。

（どうか、無事に逃げ延びて下さい……）

今も追われているであろう外の女性を思い、せめてその無事を祈った。

自らに危機が迫る中、他人を気遣える彼女の姿はとても尊いものであったが、祈る方向は少しズレていたのかも知れない。逃げ延びるどころではなかったのだ。

その内の一人は、五柱もの魔神を従える――

絶対不可侵の王と呼べる存在であった。

◇◇◇

早朝、動き出した一行は――

目聡いゴブリンに発見され、数匹の小鬼と向かい合っていた。

「ギョギョ。人間、いっぱい。女、たくさん」

「クケ、あの小さいのは男か？　女か？」

「良い匂いがする。女だ」

「仲間を呼ぶか？」

「俺たちだけで愉しむのはどうだ？」

小鬼たちの口から漏れるのは、相変わらず女のことばかりである。

一郎は生理的に受け付けないものを感じ、フードの下で顔を歪めた。

（気味の悪い連中だ。こんなのが下に行った日には……）

解放された最下層はもう一度、地獄に落ちるであろう。

ゴブリンたちが嫌らしい視線を向ける中、ミリが電光石火で動き出す。

「王子、私の勇姿を見てっ！　むしろ、私だけを見て！」

ミリは厚かましいことを叫びつつ、一番近いゴブリンの首を刎《は》ね飛ばしたかと思うと、返す刀で横にいた一匹も袈裟斬りにしてしまう。恐るべき速さであり、切れ味であった。

「あの口を縫ってやりたいでしゅ……」

オネアも恐ろしい事を口走りながら魔法を唱え、一匹が切り刻まれた。

「今回は角笛を鳴らす前に仕留めるわよッ！」

「もう、ゴブ野郎から逃げるのは飽き飽きでしゅ」

一郎に良いところを見せようとしているのか、ゴブリンに追いかけ回された嫌な記憶でも思い出したのか、二人の動きにまるで迷いはない。

慌てたように斧を振りかぶるゴブリンに対し、ミリの体が白い闘気に包まれた。

「はぁぁぁぁぁ――剣閃ッッ！」

斧を振りかぶった両手ごと、ゴブリンの首が飛ぶ。

オネアも後方から詠唱したかと思うと、杖から火を帯びた鞭が噴き出した。

「ゴブ野郎、躾《しつ》けてやるでしゅ――火鞭《ファイヤーウィップ》ッ！」

残り二体のゴブリンが火の鞭に切り刻まれ、焼け落ちていく。

目の前で繰り広げられる激しい戦闘に目を瞠《みは》る一郎であったが、二人がゴブリンの耳を削ぎ落としていく姿を見て衝撃を受けた。

「そ、その耳も……何かの素材になるのか？」

「これはゴブリンを倒したって証拠なのっ！　一つ持っていけば大銅貨一枚にはなるわ」

「そ、そうか……」

大銅貨と言われても一郎にはサッパリ価値が分からなかったが、害虫駆除の報酬のようなものかと無理やり納得する。ルンバもゴブリンが持っていた武器や鎧などを手早く回収しては、レオの背負った袋へと詰め込んでいく。

「儲けは折半」

「お前は何もしてないだろ！　少しは運びやがれ！」

「乙女にゴブ臭いものを運べだなんて……頭がどうかしてるの？」

「どうかしてるのは、お前だ！」

騒がしくも、何処か嬉しそうな面々である。冒険者たるもの、倒した魔物からの収穫がもっとも心躍る瞬間であるのかも知れない。

（害虫駆除業者にプラス、山賊ってところか……？）

一郎はそんな感想を持ったが、実際、身包みを剝ぐという意味では山賊めいている。

冒険者は魔物が身に着けている物も売り捌《さば》くが、ゴブリンの武装は質が悪く、殆ど捨て値で買い叩かれる物ばかりであった。

ゴブリンには刃を砥いだり、鋳金したり、といった鍛冶技術がないためである。

使えば使うだけ劣化し、手入れなどもしない野放図そのものであった。

その反面、農作物を育てたり、罠を仕掛けたりする器用さは持っており、人間と同じように集団戦闘を仕掛ける知恵も持っている。

ミリからゴブリンについての説明を受けながら、一郎は腹の中で唸っていた。

（得体の知れない連中だな……得手不得手の差が激しい種族という事か？）

結局、一郎は「よく分からん」と匙を投げた。只、ゴブリンは人間の女を攫って苗床にするという時点で「共存共栄」などは望むべくもないと結論付ける。

（どちらかが死に絶えるまで、殺り合うしかないんだろうな）

最下層と、人間の国がある三階層までを安全に繋ぐ、という意味においても、間に存在する二階層の確保は必須であった。

一郎がそんな事を考えていると、真剣な目でゴブリンの体や顔を見ているピコが目に入る。

咄嗟に嫌な予感を覚え、一郎はピコを片手に抱えて歩き出す。

「ちょっ、待って下さい！　何処か食べられる部位があるかも知れません！」

「ねーよ！　俺を殺す気か！」

「王子、あまり先走らないでっ！　何処に罠があるか分からないんだから！」

迷路のような道を一郎がズンズンと進んで行く。その背中を、一行が急いで追った。

途中、槍が飛び出してきたり、虎挟みのようなものが喰らいついてきたが、槍は一郎の手で無造作に払われ、虎挟みは逆に刃の方が粉々に砕け散った。

解除もクソもない、歩く罠ブレイカーである。

ルンバはその姿を見て、息を呑んだ。

「あれは、何？　レンジャーの立場がない」

散々、罠に苦しめられてきたレオも、訳が分からずに叫ぶ。

「どうなってんだ……あいつ、何か魔法でも使ってるのか!?」

このままだとゴブリンを食わされると思ったのか、一郎も必死である。

あんなゲテモノを食わされるくらいなら、罠を食らった方がマシだと考えているのだろう。

「あわわ！　王子しゃま、上からクソ粘液が！」

「ん？」

天井から降ってきたスライムに、一郎が無造作にアッパーを繰り出す。

パンッ！　と激しい破裂音と共に液体が瞬時に蒸発した。

本来、粘体種は殴打に対して非常に強い魔物なのだが、この男の攻撃力は破滅的であり、素手で万物を殴り殺せる域にある。

ミリやオネアは一郎の規格外の力を見てきた分、まだマシであったが、ルンバやレオからすれば何か悪い夢でも見ているようであった。

「ありえない。スライムが、拳で吹き飛んだ……」

「何だ、ありゃ！　何処その、有名な拳聖だったのか!?」

「レオ、あまり興奮しないで。磯の香りがキツくなる」

「お前は人を何だと思ってんだ！」

後ろの騒ぎを尻目に、一郎の歩みは止まらない。

このまま、出口まで突っ切りそうな勢いであった。

「一郎さんっ、あそこに迷宮トンボが！　羽が美味しいらしいです！」

「食わねーよ」

「あそこにも迷宮ナメクジが！　食感はドロっと――」

「おいバカ、ヤメロ！」

ピコが叫ぶ内容を聞いて、一郎の足が速まっていく。

ここに居たら、ゲテモノ食いの王者にでもされそうであった。そのまま迷宮内を突き進んでいくと、広々とした空間が目の前に現れ、一郎はようやく足を止める。

（ここは、他と雰囲気が違うな……）

広々とした空間のあちこちには血痕が残されており、陰鬱な空気に満ちていた。

待ち構えていたように前方の通路からゾロゾロとゴブリンが現れ、振り返ると後ろや左右からも次々と集団がやってくる。

その動きは熟《こな》れており、普段からここで待ち伏せしている事を窺わせるものであった。

最下層組である三人は表情を引き締め、ルンバは逃げ道を探るように周囲へ目をやったが、出会ったばかりのレオは、一郎に怒りをぶつけるようにして叫ぶ。

「おいおい！　あんた、考えなしに突き進んでたけどよ……どうするんだ、これ！」

「静かにしてろ。お前が騒ぐと、船が沈没する気がする」

「何の話をしてんだ！」

「あと、ディカプリオに謝ったか？」

「くそぉぉぉ！　こいつは何を言ってんだよぉぉぉぉ！」

一郎がレオをからかいつつ前に踏み出すと、ゴブリンの群れから立派な鎧兜を着けた一体が周囲を掻き分けながら現れた。

集団を纏める個体――小鬼の長《ゴブリンリーダー》である。

その背丈は小さいものの、周囲の小鬼とは違い、威厳を備えた個体だ。

「乞食人間、女を置いていけ」

いきなり乞食、と呼ばれた事にカチンとくる一郎であったが、自ら望んでこのボロボロのローブを纏っているのだから反論出来ない。

「置いていったとして、どうするつもりだ？」

「黙れ。抱えている女も置いていけ」

長がゴミでも見るような視線を飛ばしながら言う。彼らにとって、この部屋に入った時点で既に勝敗は決しているのだ。

ピコは女と呼ばれた事に怒りを露にしながら叫ぶ。

「小鬼めっ！　僕は男だ！」

「女にしか見えん。なら、使える」

さり気なく長がトンでもない事を口にしていたが、一郎は先程からばくばくと上がっていく心臓の鼓動を抑えるのに必死であった。あんな能力に頼り、妙な格好を付けなくても、身体能力だけで十分に対処出来るのでは？　と思っていたからである。

「俺たちは、上――に、行――――」

しゃべっている最中にも鼓動が高らかに始まりを告げ、文字通り、戦いの火花が散る。

一郎の纏う気配が変わり、最下層組の三人は敏感にそれを察した。

ピコは慌てて他の面々に合流し、ルンバとレオは何が始まるのかと目を白黒させる。

その一方で、勝利を確信している長は吐き捨てるように配下へ指示を下した。

「判断の遅い人間め。もういい、男は殺して後は箱に入れろ」

「箱、ね――――そこに人間の女を集めているのか？」

「この俺に向かって……何か言ったか？　人間」

「あぁ、言ったさ。とはいえ、お前の耳はもう無いようだがな」

「なに、を……うぎゃぁぁぁぁッッ！」

気付けば、一郎の手に二つの耳が握られていた。両耳を引き千切られた痛みに、長が地面を転げ回る。一郎は血の滴るそれを、ゴミのように壁へと叩き付けた。

ベシャン、と奇妙な音が響き、耳だったものが四散する。

「お前は残して、後は一匹残らず消し去る事にしよう――――」

この場だけで、軽く百体は超えるであろう小鬼の数を考えると馬鹿げた台詞であったが、この男にはそれを実行出来る力が備わっている。

「殺せッ、早く、その男を殺ぜぇぇぇぇぇぇぇッ！」

長の声に、一斉にゴブリンたちが動き出す。

が、次の瞬間——彼らの足が止まった。

何時の間にか、足元には無数の蜘蛛の糸が張り巡らされており、白い糸ががっちりと両足を搦め捕っていたのだ。

——貪欲な土蜘蛛《ハングリースパイダー》
一郎の口から不気味な魔法が紡がれる。

その瞬間、糸はゴブリンたちを地面に引き倒し、次々と地中へと引き摺り込んでいく。

穴の下では恐ろしく巨大な蜘蛛が目を光らせており、それを見たゴブリンたちが絶叫した。

何も言わずとも、その目が語っている——お前たちを〝喰う〟と。

「知っているか？　蜘蛛はかかった獲物に牙を突き立て、毒液を注入して動けなくする。その後は開けた穴から消化液を流し込み、全身を溶かしてストローのように吸い上げるんだ」

そんな無慈悲な言葉に、ゴブリンたちは絶叫した。

自分たちの足元に、それを実行する蜘蛛が実際に居る。

「ギギギ！　た、助けっ！」

「ギョギョ！　勘弁して下さい……もうしませんから！」

「か、解放！　女は解放します！　信じて！」

ゴブリンたちが絶叫を上げる地獄絵図を前にして、後ろの5人は無言のまま固まっていた。

目の前の光景が、あまりに現実離れしていたからである。

その光景を作り出した張本人は、酷く冷めた口調で淡々と〝終わり〟を告げた。

「――――断る。貴様らに、似合いの結末だな？」

その指が軽やかに鳴らされると、ゴブリンの群れが一斉に地上から姿を消した。

まるで、手品か何かのような光景である。

地面の下では空恐ろしい咀嚼音が響き、世にも恐ろしい晩餐会が始まろうとしていたが、地上に居る者にそれらを聞く術はない。

後ろに居た5人は、厄介なゴブリンが残らず消え去ったことに喜びを爆発させる。

やりたい放題にやってきた小鬼たちが目の前で全滅したのだから、喝采を上げるのも当然の話であった。一郎は後ろの騒ぎをよそに、呆然とする長の胸倉を掴み上げる。

「案内して貰おうか、〝箱〟とやらに――――」

「は、はい……っ！」

後始末

小鬼の長を先頭に立たせ、一行が二階層の奥へと進んでいく。

最下層組の三人はその後ろを平然と歩いていたが、ルンバとレオは先程見た光景が現実に起きた出来事なのかと、未だに混乱から立ち直れないままであった。

「ルンバ、さっきのは何だったんだ……？　夢じゃないんだよな？」

「分からない」

レオの呟きに、ルンバが短く返す。

恐らくは魔法の類であろうと察する事は出来たが、見た事も聞いた事もない魔法であった。

数百匹のゴブリンを一瞬で飲み込む魔法を駆使する存在など、何処の国家であっても、最上級の待遇で迎え入れるであろう。そんな人物が、何故こんな階層に居るのか？

「なぁ、あいつの王子ってあだ名だけどよ、もしかして……」

「ワカメ。妙な詮索は寿命を縮める」

「お前な……ちゃんと名前で呼べ！」

「じゃあ、メカブ」

「海産物から離れろ！」

レオをからかいながらも、ルンバは考え続けていた。王子という、ただならぬ名称を。

とてもではないが、軽い気持ちで名乗れるようなものではない。

下手をすれば、僭称《せんしょう》の罪に問われ、投獄されるであろう。

それに、かの魔剣をミリに与えたという話も意味深だ。まるで、王が功ある騎士に下賜するかのような光景を連想してしまう。

最下層から来たという話も、今となっては真実味を帯びてくる。

ここより酷い最下層から、どうやって脱出したのか？

オーガの群れはどうなったのか？

さっきの魔法は何なのか？

聞きたいことは山ほどあったが、それは落ち着いてからにするべきか、とルンバは逸《はや》る心を抑え付ける。前方に目をやると、一郎は物見遊山のような軽やかな足取りで歩いていた。

(何の街《てら》いもない姿……)

彼は脱出するどころか、女たちが囚われている場所へ案内しろと言ったのだ。

当然、小鬼たちは捕らえた獲物を解放などする筈がない。

残ったゴブリンと、戦争になるであろう。

ルンバが激しい戦闘を決意する中、一郎は複雑な迷宮に辟易していた。

似たような風景が続くため、同じところをグルグル回っているような感覚になるのだ。

あちこちに仕掛けられた罠にも血がこびり付いており、ここへ来た冒険者が幾人も犠牲になったことを無言で語りかけてくるようである。

(全く、気味の悪い場所だな……)

辺りに漂う陰鬱な空気に一郎は顔を顰《しか》めていたが、それは先頭を歩く長も同じであった。無敵を誇っていた自分たちの軍勢が、突然消えてしまったのだから。

混乱したまま、長は一郎へと問いかける。

「お前は、何者だ……？　さっきは、何をした？」

一郎は何も答えず、無言で進んでいく。

最下層と同じく、陰鬱な空気が漂うこの空間で、暢気にゴブリンと世間話をする気になどなれないのだろう。一郎からすれば、この連中は人攫いのレイプ魔でしかない。

何も答えない姿に苛立ったのか、長は呻くように呪詛を漏らす。

「覚えておけ、人間。我々は執念深い……必ずや、同胞が復讐の刃を研ぐ。いずれ、女という女を全て攫ってやるぞ」

「心配するな……お前の同胞とやらは今日、纏めて消える」

「ど、どういう意味だっ！」

思いも寄らない返答に、長がギョッとした顔で振り向く。

「ふざけた能力だが、今回ばかりは俺も同意していてね。病魔というのは、根こそぎ絶つべきだ。甘く見て油断すれば、禍根を残す」

その言い様は、ゴブリンを病原菌に喩《たと》えたもの。

一郎は何気なく語ったが、そこには自身の長い闘病生活における経験もあり、少なくとも最下層の住人たちに対し、一つの責任を果たそうとしていることが感じられるものであった。

せめて——人が住んでいるという国と、安全に道を繋げてあげるべきだと。

後は人間同士、何とか協力し合えば良いんじゃないか？　という平凡な思考でもある。

「人間め……図に乗るなよ！　我々の王が、必ず貴様を葬る！」

長のそんな言葉に、一郎ではなくミリとオネアが激しく反応した。

この連中に追い掛け回され、遂には最下層にまで落ちたこともあり、ゴブリンに対して彼女らはかなり手厳しい。

「馬鹿ね、あんたは。王子はギガンテスまで倒した大魔法使いなのよっ！」

「そうでしゅ！　キラキラのコナゴナでしゅ！　ゴブ野郎は纏めて消毒でしゅ！」

「ギガンテスを？　人間如きが、寝言もそこまでにしろ！」

二人と一匹が騒ぐ中、ピコも興味深そうに一郎を見ていた。数々の大魔法を見て、そろそろ気になってきたのだろう。

「一郎さんは……その、どなたから魔法を習ったのですか？」

「習ってなどいない」

一郎はぶっきらぼうに答えたが、まんま真実である。

現代の日本人が、魔法など使える筈がない。

当然、周囲にも魔法が使える人間などは存在しなかった。そんなものが使えたなら、一郎は病気で苦しむこともなかったであろう。

「なら、生まれ持った素質なんですねっ！」

「馬鹿を言え。こんなものは」

ただの借り物に過ぎない——と答えようとしたところで前方から騒ぎが伝わってきた。箱の周囲を見張っていた、他のゴブリンに見つかったのだろう。

長はその中の一匹に、勝ち誇ったように叫ぶ。

「王に連絡しろ！　得体の知れない侵入者が現れた！」

それを聞いた小鬼がすぐさま走り出し、ミリはそれを追おうとしたが、一郎の声に足を止める。

箱とやらに囚われている女性を救う方が先決だと思ったのだ。

それに箱の前には広々とした空間が広がっており、好都合でもある。ここなら、ゴブリンたちを一網打尽に出来そうであった。

「でも王子……あいつを行かせたら、ここに大群が来ちゃうわ」

「探す手間が省けていい。こんな迷路の中を歩き回るなんてゴメンだ」

そんな堂々とした台詞に、ミリは目を輝かせる。

「こんな凄い魔剣を貰ったんだもの。私が王子の露払いをするわっ！」

「ん……」

一郎はもう、この頃には「流星の王子様」とやらの能力に一種の信頼を置いてはいる。

厨二じみた言動や、格好を付けたがるのはともかくとしても、化物じみた強さを持っているのは間違いない。様々な世界を見ながら上を目指すのであれば、巧く折り合いを付けながら、この力を利用していかなくてはならないだろう。

見張りの一匹が走り去り、残りの二匹が一郎たちへ目を向ける。

「長、こいつらは何です？　殺せばいいので？」

「王が来るまで待て！　こいつは妙な魔法で俺の部下を消した！」

「しかし、人間――ぶべッ！」

ミリが無言でゴブリンの頭を真っ二つに斬る。

返す刀で、もう一匹の首を刎ね飛ばす。あまりの早業に、長は言葉を失った。

「勘違いしないでよね？　あんたらなんて集団にならなきゃ、全然弱いんだから」

「姉しゃま、久しぶりに格好いいでしゅ！」

「き、貴様……ッ！」

一郎はそれらを横目に見ながら、箱と呼ばれていた部屋の扉を強引に開ける。中には10人ばかりの女性が弱々しく座っており、一斉に怯えた目を向けてきた。

中に囚われていたミレーユも、突然現れた乞食めいた男の姿に驚く。

「随分と衰弱しているな」

全員がゲッソリとしており、ロクに眠れず食事も与えられなかったのだろう。

何をされるか分からないまま、こんな部屋に閉じ込められていたら、発狂してもおかしくない。

「ミレーユ、無事で良かった」

「うそ……ルンバ!?」

二人が抱き合い、ルンバは無言でその頭を撫でた。

(知り合い、か……)

一郎はそれを見ながら、まずは衰弱した様子の女性たちをどうするべきかと考えた。

ここまで弱っていては、ゴブリンを始末しても上まで歩けそうもない。

「ピコ、何か食べ物はあるか?」

「はいっ、でも全員に行き届くようにすると、食料が尽きちゃいますね」

「構わんさ。ここの連中が盗んだ物を、根こそぎ奪い返せばいい」

一郎の口から、山賊めいた台詞が飛び出す。

長く一緒に居たこともあってか、徐々に冒険者の思考が移ってきたのかも知れない。

「じゃあ、さっき拾ったゴブ菜や迷宮茸も使ってみますっ」

背負っていた大きな中華鍋のようなものを降ろし、ピコはその下に敷いた薪の中に黒い石を放り込む。やがて火が点き、勢い良く薪が燃え始めた。

それを見ていた女性たちがざわめき、次々と声を上げる。

「そ、そんなことをしている場合じゃ！」

「貴方たちは、いったい何処からきたの!?」

「それより、早く逃げないと奴らがきます！」

彼女たちはゴブリンがいつ大挙して戻ってくるか、気が気ではないのだろう。ミレーユも、この乞食のような男が随分と落ち着いている姿にヤキモキしていた。

ここから逃げ出す絶好のチャンスを、潰されようとしているのだから無理もない。

「ルンバ、早く逃げなきゃ……！」

「山田が何とかしてくれる。きっと、千人乗っても大丈夫」

「何を言ってるの!?　こんなところに居たら、また捕まっ……」

「心配しなくてもいい。もう、連中に煩わされる事もなくなるさ」

そんな一郎の言葉に、ミレーユは胡散臭げな目を向けた。どこからそんな自信が湧いてくるのかは分からないが、見た目は何処から見ても乞食同然のうらぶれた姿である。

「ピコ、何を作るつもりなんだ？」

「紅鱒を蒸し焼きにして、ゴブ菜と迷宮茸を和えようと思っていますっ」

「魚と葉物、それに茸か……そう聞くと美味そうだな」

「その言い方、何か疑っていたんですね……そうなんですねっ！」

「お前がいつも、目玉目玉言ってるからだろッ！」

ゴブリンが大挙して押し寄せてくるというのに、二人は全く恐れを見せず、暢気に飯の話で言い合い始める始末である。

ミレーユは何がなんだか分からず、混乱している内に遠くから足音が響いてきた。

（奴らが戻ってきた……もうダメ……！）

彼女はローランドの城下町で、宿屋を経営している家に生まれた。

母親を早くに亡くし、幼い頃から従業員として働く日々を送っていたのだが、ここに拉致されてからは一人で働いているであろう父親を想い、毎日涙にくれてきたのだ。

「ギョギョ！　来た！」

仲間の足音を聞いて、小鬼の長も俄然、勢いづく。彼らは種族として、大勢で行う〝人間狩り〟が好きであったし、集団戦でこそ優れた能力を発揮する。

「ハハッ、乞食男……王が来たぞ！　もう貴様らは逃げられん！」

「ピコ、出来上がったら皆に食事を配ってやってくれ」

一郎はそれだけ言うと、無造作に歩き出す。さっさと終わらせようとしているのだろう。

人間の国に行けば、こんなヘンテコな連中と戦わずに済むと思っているに違いない。

その頃、小鬼の王《ゴブリンキング》も堂々とした足取りで広間へと向かっていた。

箱から女を連れ出されると厄介だと判断したのか、全ての部下を引き連れ、広間を埋め尽くさん勢いで軍勢を押し出してきたのだ。

ゴブリンは個体として見れば非力であったが、その分、数の力で敵を追い詰めていく。

一度でも舐められれば、大挙して人間が押し寄せてくるということもあって、数で圧倒するのは重要な行為であった。

「侵入者は6人と言っていたな」

「は、はい！　長は不思議な魔法で部下を消された、と……」

それを聞いて、王が露骨に舌打ちする。

上層から、力のある冒険者が降りてきたのだと。ここに降りてくる大部分の冒険者はルーキーと呼ばれる力のない存在であったが、時には強い〝個体〟も現れる。

「二度と降りてこぬよう、ここで仕留める」

「了解でさぁ！」

広間に入ると、そこには襤褸を纏った一人の男が立っていた。

まさか、〝これ〟ではあるまいと王は周囲を見回す。

この男を囮として、何らかの魔法を放つ機を窺っていると。

「気をつけろ！　どこかに魔法使いが隠れているぞ！」

王の声に、ゴブリンたちが即座に弓を引き絞る。

だが、どこからも魔法などは飛んでこず、魔力も感じない。それどころか、男は朝の挨拶でもするように暢気に口を開いた。

「お前がこの集団の王か。他の女たちはどこに居る？」

「聞くだけ無駄だ。お前はここで死ぬ」

「まぁ、最初から交渉が通じる相手とは思ってなかったが………」

「教えておいてやろう。お前たち人間はこれからも我々に奪われ続ける。物も女も、何もかもを。貴様らは、我々を富ませ続ける肥料でしかない」

「何言ってんだ、こいつ」

思わず一郎が素で返すも、王は周囲への警戒を怠らない。

冒険者の中には特殊な能力で周囲に溶け込んだり、装備で姿を見え難くする者も居るため、油断は禁物なのだ。しかし、どれだけ王が周囲を警戒しても、無意味であった。

その〝死〟は突然、足元から現れたのだから――

目の前の男の気配が変わり、王の背筋に冷たいものが走る。

「そんな寝言をほざいてるから、足を掬われる――」

「……なに？」

不可解な発言に足元を見ると、王の足首に白い糸が巻き付いていた。

王だけではなく、部下の足にも糸が巻き付いており、気付けば広間全体に蜘蛛の巣のようなものが浮かび上がっている。

「人間を肥料とは、よく吠えたものだ――――俺も貴様の言に倣い、餌にでもする事にしよう」

その言葉と同時に、一斉にゴブリンたちの体が地中に引き摺り込まれていく。糸の先には巨大な蜘蛛が目を光らせており、あちこちから悲鳴が上がった。

「や、やめっ……！」

「なんだ、あれ……蜘蛛、蜘蛛がッ！」

「ま、待て、人間！　話し合おう！　きっと解決出来る！」

「解決とは――――貴様らが一匹残らず消えることだ」

数秒後、広間を覆い尽くしていたゴブリンが絶叫と共に地中へと飲み込まれていく。

後に残されたのは、王だけである。

「な、何が……何が、起こった……？」

「お前には、人攫いの酬《むく》いを受けて貰おうか――――」

「人間如きが、舐……！」

王が何かを叫ぶ前に、一郎が軽やかに指を鳴らす。

――――星幽界の獄炎《アストラルフレイム》

瞬間、王の全身が炎に包まれた。

その炎は檻のような形をしており、生きながらじわじわと焼かれる地獄の極刑である。王は絶叫を上げながら檻の中で暴れていたが、炎の檻は時に回復の光を発し、対象を簡単には殺さない。

「アギャァァァァ！　たす、助……あぁぁぁぁぁ！」

地獄の踊り焼きを退屈そうに見ながら、一郎は気取った仕草で口を開く。

「夜明けまで、そこで死に続けろ――――」

（お前、最後に何か言わないと気が済まないのか！）

一郎が悶絶する中、その超然とした態度と台詞に、広場は物音一つしない静寂に包まれた。

箱に囚われていた女性たちは、凶悪なゴブリンが消え去った事に言葉を失っていたが、何度目をこらしてみても、そこにはもう、小鬼たちの姿は見当たらない。

あまりの光景に脱力したのか、レオの手から盾がずり落ちた。

「なん、だよ……これ。あいつ、本当の……」

「ヤバイ。山田ヤバイ」

壊れたようにルンバが呟き、ミレーユも夢でも見ているのかと、何度も目を擦る。

「こんな、ことが……」

呆然とするミレーユの肩をミリが力強く叩き、笑顔を見せた。

それが合図であったかのように、全員が目を覚ます。

「良かったわね、あんたたち。家に帰れるわよ」

「ほんとう、に……？」

その言葉にミレーユは大粒の涙を流し、嗚咽が波のように伝播していく。夢としか思えない光景であったが、もう自分たちを脅かす存在は居ない。

次第に広間では歓喜の声が上がり、一郎もホッと一息ついた。

（はぁ……何とか終わったか………）

一郎は後ろの騒ぎから逃げるように、魔神へ機密通信を飛ばす。

あの輪に加わった日には、何を聞かれるか分かったものではない。

《デスアダー、二階層は綺麗に掃除しておいたから》

《流石は御方。電光石火の如き鎮圧ですな》

《あ、あぁ……それで悪いんだけど、後のことは任せても良いかな？》

《万事、お任せを。遍く世界は、全て御方のために――》

（いちいち、重いよッ！）

大仰な言葉に慄《おのの》きながらも、全てを丸投げした一郎は爽やかに頷く。

目覚めてからずっと、一連の騒ぎの渦中にいたのだから気の休まる暇もなかったのだ。

（上に行ったら、せめてベッドのある部屋で休もう……寝よう……）

こうして、二階層からゴブリンの姿が消え、三階層へと続く道が確保された。

しかし、その先に待ち受けていたのは更なる事件であった。

転変

一郎は今、30名ばかりの女性に囲まれながら階段を登っていた。

その風景だけ見ると、凄まじいハーレムであったが、当の本人からすれば生き地獄である。全員の目がハートマークだったり、獣のような眼光をしているのだ。

（くっそぉぉ……どうしてこうなった！）

昨日の出来事を思い出し、一郎は心中で頭を抱えた。

ゴブリンを消し去った後、〝向こう側〟で起きた出来事が全ての発端である。女性たちが囚われている部屋に入ると、そこには嗚咽や悲鳴、絶叫などが響く異様な空間が広がっていたのだ。

彼女たちはゴブリンらから性奴隷のようにして扱われていたため、中には精神に異常をきたし、錯乱している者も多数いた。そこまでいかずとも、心が破壊されてしまった者が殆どである。

その光景に、全員が歯噛みした。

「こんなのって……」

「やっぱり、ゴブ野郎はこの世から一匹残らず消し去るべきでしゅ……」

「一郎さん……」

箱に閉じ込められていた女性たちも、とても他人事とは思えないのだろう。泣き叫ぶ者を何とか宥《なだ》めようと動き出す。彼女たちも、明日は我が身であったのだから必死であった。

（連中は消え去ったけど、心に負った傷まで消える訳じゃないもんな……）

悲惨な光景に一郎は胸を痛めたが、どうする事も出来ない。

この男は医者でもなければ、精神科医でもないのだから。

しかし、この男には――――「流星の王子様」という特別な能力が備わっている。

心臓がドクリと大きな鼓動を鳴らし、一郎の背中に冷たい汗が流れた。

（ちょ、ちょっと待て……お前、何をする気だッ！）

嫌な予感は見事に的中し、両手が勝手に動き出す。

部屋の中を一瞥した後、動き出した手が顔を覆っていたフードを厳かな手付きで外してしまう。

外して――――しまった。

瞬間、部屋の中にいた女性たちの視線が、一斉に一郎へと向けられる。

（ちょっ、お前……！　笑えねぇよ！）

一郎は必死にフードを被ろうと足掻《あが》いたが、もう遅い。

それどころか、口から力強い台詞が飛び出す。

「この悪夢も今日で終わる。良く頑張ったな――――」

全員が呆然とする中、一郎は未だ泣き叫ぶ女性へ歩み寄っていく。そして、そのおでこに祝福を授けるように、恭しく口付けた。

――――魔女の断末魔Ｖ　発動！

途端、女性の泣き声が止み、焦点を失っていた瞳に段々と光が戻ってくる。

同時に「未発動」となっていた項目の一つが露となった。

《魔女の断末魔Ｖ》

流星の王子様からの派生能力。

古今東西、どんな魔女の呪いも王子のキスの前に敗北する。

対象に唇で接触する事により、あらゆるＢＡＤステータスが消滅。

カンストであるＶに達すると、悪しき記憶すら消し去り、神々の呪いでさえ打ち砕く。

(何だこれ……冗談だろ、おい！)

そこに並んでいた文言に、一郎は密かに身悶える。

内容としては童話めいていたが、これを全員にするとなった日には只のキス魔であり、セクハラ訴訟待ったなしの案件であった。

懊悩する一郎をよそに、悪しき鎖から解き放たれた女性がようやく口を開く。

「わたし、は、ここで、なにを……」

「何も、考えなくていい――――」

「で、でも……」

「囚われの姫であった君は、王子様に救出された――――それだけでいい」

「王子、様……」

（ぐぉぉぉ……！　誰か、この口を殺してくれぇぇぇぇ！）

次々と巻き起こる展開に一郎は目が眩む思いであったが、部屋の中にはざっと20名ばかりの女性が囚われており、全員に口付けをする必要がありそうであった。

（こうなったら、もう腹を括るしかないか………）

心を病んでしまった女性を前にして、放っておけるほど一郎は冷たい性格をしていない。やがて覚悟を決めたのか、フードを被りなおしながら立ち上がる。

「え、えーっと、ここに一列に並ん――」

ビュン、と音がしそうな速さでミリが先頭に並ぶ。

その後ろに、高校野球の球児のように、オネアがヘッドスライディングで滑り込む。

「やったわ！　1番は私ねっ！」

「2番ゲットでしゅ！」

（確かに、こいつらも呪われてそうだけどな………）

二人を無言でどかした一郎は、溜息を吐きながら、〝治療〟を始める。

一人の男が全員に口付けていくという異様な光景に、レオは目を剝いた。

「どういう事だよ……俺は一体、何を見てるんだ!?」

悲惨の一言に尽きた部屋が、一瞬でピンク色の空気へと変わっていく。

「あんた、ピコって言ったか……あいつは一体、何者なんだよ」

「一郎さんは、一郎さんですっ」

「いや、だから……」

「一郎さん、本当に凄いですよねっ！」

指を組み、ピコがキラキラと目を輝かせる。

その姿を見て、レオはもう何かを言う気が失せてしまった。

教祖様を慕う狂信者のようでもあり、盲目的な主従関係のようでもある。

「なぁ、ルンバ。お前は……」

諦めてルンバに目をやると、彼女も考え込むような表情を浮かべていた。後ろに居たため、一郎の顔を見ることはなかったが、目の前の光景に何か思うところがあるのだろう。

（まるで、御伽噺……）

王子様のキスで、呪いが解ける――この世界の童話にも、似たようなものは幾つかある。当然、それらは子供向けの御伽噺であって、現実には存在しないものだ。

しかし、そんな御伽噺が今、現実のものになっている。

(彼は本物の、特別な力を持った王族………?)

普段なら一笑に付すような話であるが、ゴブリンを一瞬で壊滅させた魔法といい、この不思議な力といい、冗談が冗談ではなくなっていく。

(ローランドの腐った王家に、彼のような存在は居ない……)

ローランドでは大貴族の専横が続き、今では王家など空気のようになっている。

一郎のような存在が居れば、必ず噂になっているであろう。

(なら、彼は何処の階層から来たの?)

ルンバが深々と考え込む中、治療(?)は滞りなく進んでいく。

全員に口付けが終わった後、部屋の中にようやく静寂と笑顔が訪れた。

その夜——

全員が疲れ果てたように眠る中、一郎は一人、周囲を散策していた。

ゴブリンが使っていた小屋もあれば、畑もあり、家畜まで飼育されている。

(こいつらは、何だったんだ……?)

知恵を持ち、集団で動き、人間の脅威となる存在。

地球とは違い、この世界における人間の立場は決して強固なものではなさそうであった。実際、科学や文明が発達する前の人間は、酷く脆弱な生き物であったと言える。

何も持たずに野生動物の前に立てば、たちまち食い殺されてしまうだろう。

（でも、この世界には恐らく、高度な文明が存在していた……）

目覚めた場所や、墓地で見た数々の残骸が頭をよぎる。

それらの文明は魔物によって滅んでしまったのか、人間同士で戦争でもはじめたのか。階層ごとに世界が変貌する事といい、一郎からすれば興味の尽きないものである。

「これが、宝物庫か……」

頑丈そうな建物に入ると、そこには噂通り、金銀財宝が溢れていた。積み上げられた宝箱には、ギッシリと金貨や宝石などが詰まっている。

「よくぞまぁ、溜め込んだもんだ」

「王子しゃま……？」

「ん……？　オネアか」

振り返ると、眠そうに目を擦るオネアが居た。

寝惚けているのか、本能なのか、オネアはそのままローブにしがみつく。

「凄い財宝でしゅねぇ……これだけあれば、一生遊んで暮らせましゅ」

「ちなみに、これは誰に所有権があるんだ？」

「国によって違いましゅが、ここから奪い返した財宝はローランドと折半という事になってましゅ」

二階層に溜め込まれた財貨は、全てローランドから奪ったものという建前らしい。

命懸けで奪い返しても、大半を横取りされるなら報われない話である。

「誰も、降りたがらない訳だな」

「王子しゃまは国の取り決めなんて気にせず、全部奪っちゃえば良いでしゅよ」

「そんなつもりはない。国との面倒事なんてゴメンだ」

これから向かう国で、厄介なトラブルを起こすつもりはない。

まして、これだけの財宝である。

下手に対応すれば牢屋にでもぶち込まれるか、暗殺者でも送り込まれそうであった。

「大きな金は、トラブルの元だからな」

「王子しゃまは無欲でしゅねぇ……」

一郎の淡泊な反応に、オネアは呆れたように呟く。

目を奪うような金銀の山を見ても、全く興味がなさそうであり、むしろ、邪魔だとでも言わんばかりの態度であった。

（いざとなったら、砂金があるしな……）

インチキ超能力者のような力を思い出し、一郎はくすりと笑ったが、横に居るオネアの目は財宝に釘付けであった。いや、彼女だけでなく、どんな冒険者であっても、この光景には目を輝かせざるを得ないであろう。

（この子にも、何かあげた方が良いんだろうか……？）

偶然手に入ったものとはいえ、ミリには剣をプレゼントした。

オネアの持っている杖は見るからにオンボロであり、木の枝にしか見えない。

「まぁ、少しくらいは役得があってもいいか」

「ふぇ……？」

一郎は財宝の中から立派そうな杖を取り出し、無造作に差し出した。

「これ、を……オネアに？」

「あぁ、これなら少しはマシだろ」

マシどころか、それは巨大な宝玉が埋め込まれたとんでもない杖であった。

眩い宝玉には混合された極めて珍しい元素——雷の力が宿っている。

オークションにでも出せば、天井知らずの値段になるであろう。

「オ、オネアは……こんな……」

「まぁ、案内料とでも思ってくれ」

それだけ言うと、一郎は軽く手を振って宝物庫を後にした。これまでのガイド料、といった感覚で渡したものであったが、受け取ったオネアは暫くの間、その場を動けずにいた。

「あんにゃい……案内……これからも、ずっと……って事でしゅか……」

オネアの顔がリンゴのように赤く染まり、遂には地面を転がり出す。

「くぅぅぅ……！　人生ごと案内しましゅ……バージンロード……！」

何を言っているのか意味不明であったが、一郎は無自覚のまま周囲の熱を上げつつあった。

その後、部屋に戻ったオネアが大自慢大会を開始したのは言うまでもない。ミリは悔しそうに顔を歪ませたが、純粋に戦力として見るなら飛躍的な増加である。

ミリの持つ風塵の剣に、オネアが手にした輝雷鳥の杖――それらは人類の切り札とも呼ばれる、Aランクの冒険者であっても涎《よだれ》が出るような逸品なのだから。


翌日――

こうして、冒頭の階段ハーレムが始まった。

長い階段であったが、疲れなど吹き飛んでしまったのか、女性陣はミリを先頭に意気揚々と階段を登っていく。故郷に帰れるということもあってか、全員が晴れ晴れとした笑顔であった。

「あ、あの……一郎様っ！　改めて、昨日はありがとうございました！」

「た、確かミレーユさん、でしたか」

「はい、貴方は命の恩人です……私だけではなく、皆の」

「ま、まぁ……はは……」

聞けば、彼女の家は宿屋を営んでいるという。

ローランドに着けば、無料で泊めてくれるとの話であった。

それを聞いて、一郎はようやく柔らかいベッドで眠れるとホッと一息つく。やがて、先頭に立つミリから嬉しそうな声が聞こえてきた。

「三階層よっ！　ローランドに戻ってきたわ！」

その声に、全員が歓声を上げながら走り出す。

一郎もそれを見ながら、のんびりと上へと向かった。

まだ見ぬ世界を、新たな階層を。

人間の国とは、どんな場所なのかと期待に胸を膨らませながら――

(何はともあれ、当分はニートとして暮らすか……)

目覚めてから、半ば強制的に体験させられた濃い日々を振り返り、一郎はそんなふざけたことを夢見る。前を歩いていたピコも、嬉しそうに叫んだ。

「一郎さん、上はどんな世界なんでしょうねっ！」

「さて、な。妙な化物が居ないなら、もう贅沢は言わんさ……」

全員の後に続き、三階層に踏み込もうとした瞬間、得体の知れない黒い靄《もや》が現れ、一郎の全身を包み込んだ。

(……んん!?)

黒い靄に溶け込むようにして、その姿が消える。気付けば、深い霧に覆われた墓地のような場所に一郎は立っていた。

「何だ、ここは……」

辺りを見回すと、雑に作られた墓石があちこちに並び、黒いカラスが空を舞っている。

他にも奇妙な形をした木がビッシリと植えられており、物音一つしない不気味な光景が広がっていた。とてもではないが、これが噂の人間の国であるとは思えない。

「ピコ、居るのか？　ミリ！　オネアは？」

その声には誰も答えてくれず、空を舞うカラスも鳴き声一つ上げない。

むしろ、一郎の声に反応したのは周囲に立ち込める霧であった。

それらが形を変え、怨念を含んだ顔のようなものへと変貌していく。

「怖ッッ！　ホラー映画かよ！」

一郎の叫びを無視するように黒い霧が集まり、顔の無い黒い人影と化していく。

その口が開いた瞬間、一郎の背筋に冷たいものが走る。

「どうして……」

そこから聞こえてきたのは、強い怨念が籠められた女性の声――

「どういう事だ……何故、貴様のような存在が残っている？」

「えっと……悪霊とかの類ですかね？　出来れば、他を当たって欲しいんですが……」

「貴様らは全員、死んだ筈だ――ッッ！」

黒い影が発した大声に、思わず後ずさる。

普段の一郎であれば、「どう見ても、死んでるのはお前だろ」と軽口を叩いたであろうが、その影には有無を言わせぬ迫力があった。

「貴様から、異物《AI》の匂いがするぞ……忌々しい侵略者どもめ」

「ちょっと待ってくれ……お前は、何か知っているのか？」

「覚えておけ。お前たちがどれだけ人間に肩入れしようと、陛下の御降臨は近い」

「あの、悪いんだけどさ……俺が全部知ってる体で話すの止めてくれない？」

「ふざけるな、異物が――！」

一郎が素で返すも、黒い影は怨念を滲ませながら叫びに叫ぶ。それは永年積もった恨みを、吐き出しているかのような姿であった。

「忘れるなよ、異物……この世界の全ては、陛下の所有物なのだ！」

「な、なるほど……」

錯乱している相手に何を言っても無駄だと悟ったのか、一郎は日本人特有の愛想笑いを浮かべながら深々と頷く。

「今は人間どもが好き勝手にしているが、いずれ全てを取り戻してくれようぞ……！」

「……えぇ、お気持ちは痛いほど分かりますとも」

一郎は相手に合わせるような相槌を打ち、この場を切り抜けようとする。

土壇場であっても、適当な男であった。

「クソッ……もう時間が………」

黒い影が舌打ちするのと同時に、辺りの霧が晴れていく。

この訳の分からない問答からやっと解放されるのか、と一郎がホッとするものの、最後に大きな爆弾が落とされた。

「異物よ。貴様の計画通りに進むと思うな……残った力で、彼方へ飛ばしてくれようぞ……！」

「それはありが……って、ちょっと待て！　今、なんつった!?」

「消え去れ、異物の尖兵が……ッ！」

「てめぇ、何しようとしてやがる！　さっさと成仏しろ、この悪霊クソビッチが！」

辺りの景色が急激に崩壊し、体がフワリと浮き上がる。

落ちているのか、浮上しているのか——それすらも分からないまま、巨大な渦に一郎の体が吸い込まれていく。

（くそっ、何だこれ……！）

次の瞬間、背中に大きな衝撃が走った。

痛みに瞼を開けると、目の前に広がっていたのは一面の木々の群れ。耳を傾ければ、小鳥の囀りまで聞こえてくる静謐《せいひつ》な森の中に転がっていた。

「くそっ。何処だよ、ここは……」

何かの力で飛ばされたのか、見た事のない景色であった。見上げた先には一面の青空が広がっていたが、どこか機械じみた色であり、雲すら浮かんでいない。

（何だ、この歪《いびつ》な空は……プロジェクターで映し出したみたいな……）

実際、〝映像の乱れ〟でも発生しているのか、時折、その青に亀裂が入る。大自然の中に、強引に機械を割り込ませているかのような不気味な空であった。

一郎はそのまま、疲れ果てたように大の字の格好で寝転がる。

（とにかく、誰かに連絡を取らないとな……）

一郎はまず、魔神に連絡を取ろうと機密通信を飛ばしたが、応答がない。

思い浮かぶまま、全員に飛ばしてみるも、誰からも返事はなかった。

（どうなってる……大体、ここは何処だ？　もう眠いし、腹も減ったし……）

いっそ、このまま寝てやろうかと開き直る。

精神的に疲労していたのか、すぐさま眠気が訪れ、瞼が重くなっていく。

どれだけの時間が経ったのか、大の字に寝転がる一郎を、じっと見つめる視線があった。一郎もその視線に気付いていたのだが、もう反応するのも億劫だったのだろう。

堂々と、寝転がったままでいた。

やがて痺れを切らしたのか、相手が姿を現す。

「……こんな場所で昼寝かい？」

「まぁな」

「……君は、自殺志願者？」

「死にたくはないが、眠い。おまけに腹も減った」

僅かに瞼を開けると、そこには帽子を被った白髪の美少女が立っていた。

腰にも届きそうな青みがかった白髪が、一郎の目に眩く映る。相手も一郎が気になるのか、何気ない仕草で顔を覗き込んできた。

その無防備な姿に、一郎は慌てて顔を隠そうとする。

顔を見られて、ロクなことになった例《ため》しがない。

「……綺麗な顔。まるで絵本に出てくる王子みたいだね」

「え……？」

相手の様子は別段変わらず、落ち着いたトーンである。

それも、聞いている人間を落ち着かせるような静かな声色であった。何やら聞いているだけで、心地好い眠りに誘われそうになる。

（この子は人間じゃ、ない……？）

あのふざけた能力は「人間種以外には全く効果がない」と記されていたため、一郎はすぐさまそれに思い当たる。同時に、ホッと一息ついた。

また、寝起きに襲われた日には洒落にならない。

「……君は変わっているね。どうして、私を見て安堵したの？」

「いや、まぁ……」

「……私が怖くないのかい？」

「ん？　何で怖がる必要がある」

これまで散々、化物としか思えない生き物を見てきた一郎からすれば、目の前の少女など天使のようであった。ついさっきも、ヒステリックな悪霊と出くわしたばかりである。

「……これを見ても、まだそんなことが言える？」

少女が帽子を脱ぐと、そこには神秘的な青色の光帯で編まれた冠が着けられていた。

見る者が見れば、不気味でもあり、おぞましい冠である。

「それは、あれか。呪いの装備とかか……？」

「違う。奴らの一部」

少女の説明はよく分からなかったが、一郎の感覚では頭に何を着けていようが、人を喰うような化物に比べたら、可愛らしいものである。

「良く分からんが、アクセサリーと思えば良いんじゃないのか？」

「刻印者に近付くと、災いが降りかかるなんて噂もある」

「災いも何も、既に厄塗れだよ」

「……困ったな。君は随分と剛毅な性格をしているらしい」

「まぁ、昔から厚かましさと、生き汚さにだけは定評がある」

「……ぷっ」

一郎のすっとぼけた返答が可笑しかったのか、少女が微かに笑う。

それを見て、一郎は今更ながら問いかけた。

「それで、ここが人間の国があるっていう三階層か？」

「……違うよ。ここは七階層——〝眠らずの森〟さ」

「七階層!?」

PRINCE OF SHOOTING STAR

装備品データ	
名前	風塵の剣
ふりがな	ふうじんのけん
種別	刀剣
性能	攻撃＋50　敏捷 +50
特殊	《剣術＋》気力を１００消費する事によって、特殊能力が解放。広範囲攻撃と、一点攻撃を同時に放つ「風塵鎌刃」を発動する。
備考	装備者に大きな力を与える、稀代の魔剣。他にも、「火燐の剣」などが確認されており、天下六剣と謳われている。遥か上層の貴族が腕利きのロバードに貸与したが、頑強な将軍の肉体には及ばなかった。 これを与えられた事により、ミリはBランクの冒険者に匹敵する力を手に入れた。

装備品データ	
名前	輝雷鳥の杖
ふりがな	きらいちょうのつえ
種別	錫杖
性能	魔力 +50
特殊	《魔法＋》気力を 50 消費し、広範囲に雷撃を降らせる事が可能。
備考	絶滅指定種である、輝雷鳥が産み落とす宝玉を杖に加工したもの。装備者の魔力に大きなブーストがかかる。

刻印の少女

明るい森の中を、白髪の美少女と襤褸を纏った王子が歩く。

一郎は少女に色々と聞きたいことがあったのだが、森の中には魔物が出現するらしく、ひとまず安全な場所に移動しようという話になったのだ。

「……今更だけど、君の名を聞いても良いかい？」

「山田一郎だ」

「ヤマーダ・イティローか」

「妙なニュアンスに変えるな」

外国人剝き出しの呼び方に、背中がかゆくなる。一郎が突っ込んだものの、少女は何が可笑しいのか口に手を当て、くすくすと笑うばかりであった。

「悪いね。人とまともに話すのは、久しぶりなんだ」

少女の儚げな発言に、一郎も下手なことは言えなくなってしまう。人から避けられている、といった類の話を聞いたばかりである。

「その、刻印とやらのせいか？」

「そうかも知れないね」

「どうやったら、それは消えるんだ？」

「……君は、妙なことを聞く」

一瞬、足を止めた少女であったが、何事もなかったように歩き出す。

そんなことより、他の話をしようといった態度であった。

「そう言えば、私の名は聞いてくれないのかい？」

「お、おぅ……いま聞こうと思っていたところだ」

「……嘘つき」

言葉は辛辣であったが、その顔はくすくすと笑っている。

一郎はその顔を、純粋に綺麗だと思った。

名前も、年齢も、人間なのかも分からない少女と、見知らぬ森の中を歩いている。

（日本に居た頃には、考えられないシチュエーションだよな……）

一郎はそんなことを思いながら、深い森の中を進んでいく。少女は歩き慣れているのか、迷う素振りもなく、何処かを目指しているようであった。

「それで、何処に向かってるんだ？」

「私の家さ」

「家って、森の中に住んでるのかよ……もしかして、妖精か何かなのか？」

「……君は、可笑しなことばかり言うね」

少女は時折足を止めては、野草や木の実、果物のようなものを手際良く拾い集めていく。その様を見ていると、森の中に住んでいるというのもあながち嘘ではないようであった。

見た目は中学生程度にしか見えない少女が、こんな森の中で一人で暮らしているという現実に、一郎の胸が軽く塞がる。

「その、何だ……ここで、一人で生活しているのか？」

「……昔は何人か居たけれど、今は一人さ」

「そうか」

そこには何か、深い事情がありそうで迂闊に聞くことは躊躇われた。

会って間もない少女に、身の上のことを何でもかんでも聞くのはマナーの面から見ても難しいものがある。

(何から聞いたものやら……)

最初の一歩として、一郎は無難なものをチョイスする。

未だ、この少女の名すら知らないのだ。

「ところで、そろそろ名前を聞いてもいいか？」

「……君には教えてあげないよ」

「どうして？」

「……イチローは嘘つきだから」

「何でやねん」

一郎が素で突っ込むものの、少女はくすくすと笑うばかりである。

出会った当初はロクに表情も動かさず、澄ましたものであったが、今は久しぶりの会話を楽しんでいるらしい。

「……着いたよ」

そうこうしている間に、ようやく目的地へと辿り着く。

少女が家と呼んでいたものは、丸太で組まれた頑丈な小屋であった。それなりの大きさがあり、窓もあれば、煙突まで設置された本格的なものだ。

一つだけ変わっていたのは――外壁とも言える丸太が全て青く塗られていることであった。

一面の森の中で、その青色はやけに目立つ。

何かを主張しているようでもあり、近付く者へ警告を促しているようにも見える。

(どうして丸太を青色に……？　さっき見た冠も青色だったが……)

そこにも何か事情がありそうで、一郎はつい色々と考えてしまう。

しかし、そこには触れないように無難なことを口にした。

「結構、しっかりとした家なんだな」

「……どんなものを想像してたんだい？」

「こう、草と枝で出来たサバイバル的なやつとかな」

「お望みなら作ってあげるよ？　そこを、君の寝床にしてあげる」

「要らねーよ」

只でさえ乞食のような格好をしているのに、そんなものを寝床にした日には身も心も完全に堕ちてしまうであろう。キング・オブ・乞食である。

そんな一郎の思いをよそに、少女は両手を広げて言う。

「ようこそ、ブルーハウスへ。ここに客人として来たのは、君が初めてさ」

「そりゃ、光栄だ」

中に入ると、木で作られた頑丈そうなテーブルや椅子があり、鍋や食器を収納する棚なども揃えられていた。完全にコテージそのものである。

これだけの設備があれば、一家揃って生活が出来るであろう。

「ここに住んで長いのか？」

「……かれこれ、５年になるよ」

一郎としては聞きたいことが山ほどあったが、今は休息出来るだけでもありがたい話であった。

下層にいた頃は、それこそ休む間もなかったのだから。

「お茶でも淹れるよ。少し渋いけど大丈夫かい？」

「あぁ、問題ない」

「森に自生しているものだから、アクが強いんだ」

薪をくべながら、少女が無駄なく動く。

勝手の分からない一郎は、所在なさそうに家の中を見回した。

壁には弓がかけられており、兎や鹿と思わしき皮などが干されてある。

「これは全部、お前が狩ったのか？」

「そうさ。肉は食べて、皮だって使う。角も上で売れるんだ」

「上、とは？」

「ハイランドさ。ねぇ、君は……いったい、何処から来たんだい？」

その問いには、一郎もどう答えればいいのか迷ってしまう。

地球から、と言っても通じなそうであり、地下の残骸の中から来たと言った日には、狂人扱いされそうであった。

「刻印を見ても恐れない。ハイランドのことも知らない。そんな人間を、私は見たことがない」

「初めての経験が出来て、良かったじゃないか」

「真面目に答えて」

「む……」

適当に誤魔化そうとした目論見は、見事に外れた。それどころか、少女の透き通ったビー玉のような瞳に、一郎は不覚にもドキリとさせられてしまう。

「……地球から、と言って通じるのか？」

「チキュウ？」

少女が首を捻る様を見て、一郎は「やっぱりか」と項垂れる。

しかし、次の言葉は一縷の希望が持てるものであった。

「ハイランドの図書館で、そんな単語を見た覚えがある」

「本当か！　それは何処にあるんだ⁉」

「ちょっ……もう、何年も前のことだから、記憶もあやふや、だけどっ……」

一郎が立ち上がり、少女の両肩を摑む。

突然触れられたことにビックリしたのか、少女の顔が赤くなる。この男は黙っていれば見た目だけは絶世の美男子なのだ。

「よし、そこに行こう！　後から下に行って、連絡も取らないとな」

「下に、って……君は冒険者なのかい？」

「いや、そんなものになった覚えはない」

「下に降りるには、許可が要るよ？　冒険者か、行商人の登録──」

「なるなる。今日から冒険者か行商人になるわ」

「……君は、本当に適当だね」

こうして、一郎はハイランドと呼ばれる上の階層へ行くこととなった。

多くの人間が集まる国に、この流星の王子様が現れることによって様々な騒動が巻き起こっていくことになるが、下層も同じである。

下には一郎を絶対の主として仰ぐ、忠誠心過多な魔神が居るのだから――

王子の幻影

――三階層　ローランド

突然、一郎が居なくなったことに混乱する一行であったが、囚われていた者たちが一斉に戻ってきた事により、城下は時ならぬ騒動となった。

「お、おい……あれって」

「嘘だろ……あいつら、ゴブリンに攫われた連中じゃないのか？」

続々と人が集まってくるのを見て、ミリは素早く決断を下す。

「皆、まずは其々の家へと戻りましょ。ギルドには私から連絡しておくから」

それを聞いて、女性たちの顔に困惑が浮かぶ。自分たちの無事を知らせるより、一郎の事が気になるのだろう。

まごつく女性たちを尻目に、レオは欠伸《あくび》をしながら言う。

「俺も一度、宿に戻らせて貰うぜ。ロクに寝てねぇからな……ふぁーあ」

「レオ、海に帰るの？」

「陸に住んでるわ！」

ルンバのからかいに反論しつつ、レオは疲れた表情で宿へと戻っていく。

それを見て、全員が渋々といった表情で動き出した。

行方不明者が多く、届出も必要であったし、家族に無事を知らせなくてはならない。

囚われていた女性たちが家へ向かい、他の面子はひとまず、ミレーユの父が経営しているという宿屋へと向かうこととなった。行方不明になっていた者が一斉に帰ってきたのだから、時が経つにつれ、騒ぎは大きくなっていくに違いない。

「それじゃ、私はギルドに行くから。ピコ、あんたの事も届出するから付いてきて」

「わ、分かりましたっ」

「あっ、姉しゃま。オネアも行くでしゅ」

それだけ言うと、三人はギルドへ向かって歩き出す。一郎の事は気になっているようだが、心配はしていないらしい。

あれだけの力を何度も目にした事もあってか、一種の安心感があるのだろう。

残されたルンバとミレーユも、宿へと向かいながら懐かしい街並みへと目をやる。ここに戻って来られたのは、一郎という〝奇跡〟に出会わなければ不可能であったに違いない。

「ルンバ、改めて感謝を言わせて」

「私は逃げるので精一杯だった。戻って来られたのは、山田のお陰」

「ねぇ、ルンバ……あの方って」

「本人の説明を待った方が良い。きっと、何かの事情があって下に居た」

「そ、そうよね……」

圧巻の魔法と、摩訶不思議な力の数々。どう贔屓目に見ても、常人ではない。

変な憶測をするより、本人が口を開くのを待った方が良さそうであった。

実際、一郎は何かから隠れるようにして、その姿を消してしまったのだから。

（ローランドに姿を現すと、何か不味い事情があった？）

ルンバはそんな事を頭に浮かべたが、あえて口には出さずにいた。呼び名の通り、本当に王子だとすると、そこにはやんごとなき事情が隠されているのであろうと。

（興味はあるけれど、妙な政争にミレーユを巻き込めない）

そんな事を考えながら、二人がようやく宿へと辿り着く。

玄関先ではミレーユの父が憔悴しきった表情で掃除をしていたが、近付いて来る人影に顔を上げると、そこには二度と会えないと思っていた娘の姿があった。

「ミレーユ、なのか……？」

「……ただいま、お父さん」

「夢じゃ、ないんだよな……？」

「心配かけて、ごめんね。でも、もう大丈夫だから」

親子が感動の再会を果たし、二人は暫くの間、無言で抱き合った。

ルンバもその光景を見て、嬉しそうに微笑む。

「依頼達成。勝利のブイ」

「よく、よく無事に戻ってくれた……！　こんな無茶な依頼をして、すまなかった……！」

「二人がくれた、この靴のお陰。他にも、助けてくれた仲間が居る」

「そうか、そうか……是非、全員を招待したい！」

もう会えないと思っていた娘が帰って来た事に、ミレーユの父は喜びを爆発させた。

そこにミリとオネア、ピコの三人が戻ってきたことにより、宿は昼間から酒や豪勢な食事が並ぶパーティー会場と化した。

「くぅー！　もう一度、冷えたエールを飲めるなんて！」

「ほら、太郎。お前も飲むでしゅ」

「ピコだって何度も言ってるでしょっ！」

食卓での話題は多岐に及んだが、やがて一郎の話が中心となっていく。本来なら、ここで主役として迎えられている筈であった。

ミレーユの父親も、その人物に俄然興味を示す。

「王子、ですと……!?」

「ええ、とんでもない大魔法使いなのよっ！」

ミリが自信満々に言い放ち、ミレーユも同調するように深々と頷く。

生真面目な娘のことを良く知る父は、ミレーユがこんな突拍子もない嘘をつく筈がないと、その胡散臭い話を信じようと努力した。

ルンバもあえて、その流れに逆らわない。

「いずれにしても、御礼を述べねばなりませんな……」

話を聞きながら、ミレーユの父は深々と頷いた。

救出の依頼を出したはいいものの、実力のあるパーティーは誰も引き受けてくれず、最後は少数のルーキーと呼ばれる駆け出しのパーティーだけが名乗り出てくれたのだ。

その人物が何者であれ、深く感謝しなくてはならないだろう。

「その、国は……ローランドは、何もしてくれなかったのですか？」

ピコが遠慮がちに言うも、全員が白けた顔をするのみであった。既に、何人かの大貴族によって専横政治が行われており、王とは名ばかりの存在である。

名もない民衆が何人居なくなろうとも、片眉も動かさないであろう。

「でも、今回ばかりは無視出来ないわよ！　さっきは今回の件を軽く報告しただけだけど、いずれギルドから正式な出頭命令が下る筈だから」

「ケッ、全部が終わってからしゃしゃり出てくるとか、とんだ腰抜けどもでしゅ。そんな連中は放っておいて、オネアは王子を捜しましゅ」

「僕も下に戻って、デスアダーさんに心当たりがないか聞いてみようと思います」

ミリはギルドへ、オネアは城下の捜索、ピコは下層に戻って魔神と連絡を取るという方向で話が纏まっていく。

宿の親子も協力は惜しまないと約束し、この日は無事に一日が終わった。

翌日——

オネアは街に出て、一郎の捜索を始めた。その姿を見た冒険者が次々と声をかけてきたが、ロクに返事もせずに人ごみを掻き分けていく。

(今更、親しく声をかけてくるなんて冗談じゃないでしゅ……)

幾ら親しく接してきても、無事を祝ってくれても。

彼らは——何もしてくれなかったのだ。その言い分は酷く勝手なものであったが、人としての〝生の感情〟であろう。

オネアとしては、笑顔を向けてくる知人など、今となってはどうでも良い存在であった。そんなあやふやな存在より、心の中に確かなものがある。

見たこともない華麗な大魔法を駆使し、窮地から何度も救ってくれた存在が。

(早く王子を見つけて、このロンリーハートを慰めて貰うでしゅ!)

オネアがぶつぶつと言いながら、街中をギラついた目付きで歩いていく。

見上げた先には機械的な青空が浮かんでいたが、そこに太陽はない。三階層の空は夕方になればオレンジ色に染まり、夜には暗くなる。

三種類の色を、無機質に繰り返す――いつまでも、いつまでも。

オネアが慣れ親しんだ空を見上げていた頃、ミリもギルドからの出頭命令に応じ、組合長と向かい合っていた。

「やぁ、ミリ君。まずは無事に生還したことを祝わせて貰うよ」

組合長――メルセデスが優しい笑みを浮かべながら言う。

普段は温和だが、貴族相手にも粘り強い交渉をすることで知られる男だ。

かつては冒険者として、上層にも足を延ばしていた経歴を持っている。

「えぇ、お陰様で無事に戻ってこられたわ」

対するミリの反応は辛辣なものであった。失踪者が相次いでいるのに、何の対策も打たず、捜索隊を出してくれる事もなかったのだから、無理もない反応である。

「我々も力を尽くしたが、お偉方の意識はもっぱら〝上〟へと向いている。君も、その辺りの事情をどうか汲んで欲しい」

「……ええ、十分に理解しているわ」

ミリの「どうでも良い」と言わんばかりの態度に組合長は内心で首を捻る。

下層から多くの失踪者を連れて帰還したのだから、今回の出頭は事情聴取の意味合いもあるが、

〝晴れの舞台〟でもあるのだ。

「幾つか事情を聞かせて貰った後の事になるが……君はEランクへの昇格が内定している。勿論、相棒さんや、帰還した仲間も一緒にね」

そこには今回の大きな功績を讃えられ——昇格、という話も当然含まれている。

しかし、ミリの表情はまるで動かなかった。

本来、一つ上のランクに昇格するには大変な努力と、年月を要するため、こんな仏頂面で迎えるような話ではない。ルーキーと呼ばれる駆け出しから抜け出せる者は、非常に少ないのだから。

「君がギルドに不審を抱くのも分かるが、今回は——」

「私や、オネアの昇格なんて要らないわ。全部、王子がやったことだもの」

「………王子？」

「ええ、遠い国からやってきた王子様よっ！」

組合長は何度か目を瞬き、脳内で今の言葉を繰り返す。

下層でゴブリンに追われ続け、気でも触れたのかと思ったのだ。

「つまり……それはあだ名や、異名のようなものと考えても？」

「違うわよっ！　本物の、本当の王子よ！」

話にならない、と組合長は密かに溜息をつく。

こんな益体もない問答をするために彼女を呼んだのではないのだから。これまで、多くの冒険者を相手にしてきたメルセデスは、柔軟に思考を切り替える。

「うむ、遠国から来た王子か……その話も大変興味深いが、他の話も聞きたくてね。例えば、現在の下層の様子などさ」

「下層にはもう、ゴブリンは居ないわ。平和そのものよ」

「ほ、ほぅ……」

その言葉に組合長は暫し俯《うつむ》き、熟考する。

ミリの話す内容がサッパリ頭に入ってこないし、理解し難いものばかりであった。

「……君たちや、その王子が、ゴブリンを退治したと？」

「私じゃなくて、王子がね。ちなみに、最下層のオーガも王子が退治しちゃったから」

「な、なる、ほど……それは、素晴らしい話だね」

メルセデスの目付きが、徐々に変わっていく。

完全に、精神の異常を疑っている目付きである。ゴブリンのようなしぶとい魔物や、人を喰らうオーガのような強靱な魔物が、一人の人間によって打倒されるなどありえない。

「まぁ……その、ギルドの方でも下層の方に調査隊を出そうとは考えているのだよ。今後の下層の対策も含めて、ね」

「止めておいた方がいいわ」

「……理由を聞いても？」

「下には、恐ろしい魔神が居るの。王子の配下みたいだけど、他の人間の言うことを聞くようには見えなかったわ」

　お次は魔神ときたか、とメルセデスは盛大に溜息をつく。

　ここまで必死に取り繕ってきたのだが、もう態度を隠せそうもない。

　何をどう聞いても、完全に錯乱者そのものであった。

「良く分かった。君の意見は、必ず参考にさせて貰うよ」

「呆れる気持ちも分かるけど……これ、全部ほんとの話だから。不用意に降りたら、火傷じゃ済まないわよ」

「一つだけ良いかな？　最下層には首領級の魔物、ギガンテスが存在すると言われている。君は、それを魔神と呼んでいるのかね？」

　それならば、まだ納得出来るという口振りであった。あのクラスの魔物ともなれば、一国が存亡をかけて戦わなければならない相手である。

　実際、魔剣の力を抜きにすれば、ミリの実力はルーキーを脱したばかりの冒険者であり、あれを魔神と称してもおかしくはない話であった。

　しかし、返ってきた答えは予想外のもの。

「それも死んだわ。王子の魔法で――」

「えっ？」

　それだけ言うと、ミリは手を振って立ち上がる。これ以上、話すことは何もないといった態度であった。ミリとしては、一郎の存在を告げられただけで満足なのである。

後はローランド側がどう判断するかであって、そこは自分の領分ではない。

「ちょ、ちょっと待ちたまえ！」

制止の声に振り向きもせず、ミリが扉を閉めて出ていく。

部屋に残されたメルセデスは一人、頭を抱えた。折角の大ニュースが、美談が、完全に台無しの形である。新鋭のルーキーたちが失踪者を救出し、下層から帰還してくるなど、ギルドとしては大いにこの件を宣伝に使おうと考えていたのだ。

しかし、当の本人があの様子では宣伝になりそうもない。

（ともあれ、二階層の様子を一度探らせねばならんな………）

大勢の女が奪い返された事により、ゴブリンが大規模な反撃を仕掛けてくる可能性を考え、メルセデスは腕利きに調査させることを決意する。

後日、彼は実際に調査隊を組んで二階層へ送り込む事となるが、そこでミリの言っていた内容が真実だと知るのであった。

一方、噂の二階層では――

ピコがこれまでの経緯を魔神へ細かく報告していた。

「御方が消えた……だと？」

「は、はいっ！　三階層に着く直前に、何も言わずに……」

二階層で一郎がゴブリンを纏めて巨大な蜘蛛に喰わせたという話を聞き、痛快な表情を浮かべていた魔神であったが、最後の言葉には顔色を変えた。

「童、どういうことだッッッ！」

「ひぃっ！　わ、わかりません……！　ぼ、僕にも理由が……！」

「御方が消え……ん？」

大気を震わせんばかりの怒りをみせた魔神であったが、何かに思い至ったのか、突然考え込むような表情となった。

「そうか、我としたことが……」

「な、何か分かったのですかっ!?」

「簡単なことよ。御方は『後のことは任せる』と仰っていたのでな」

確かに、一郎はデスアダーにそう言い残している。早くまともな場所で休みたいがために、面倒なことを丸投げしただけであったのだが、御方の受け取り方は違った。

「かような狭き場所での些事、御方の手を煩わせるまでもない。同時に、この地に住まう人間の強さを試しておられるのであろう」

「強さを、試す……？」

「焦土より立ち上がる強さなくして、御方の民となること能《あた》わず――」

魔神のそんな言葉に、ピコがごくりと唾を飲み込む。彼にも少し、思い当たる節があったのだ。

まるで心を読んだかのように、魔神が〝それ〟を口にした。

「御方が傍に居られる時、うぬも感じていたであろう。絶対の幸福と安心を――――」

「……はい」

確かに一郎が傍に居る時、ピコはどんな危険を前にしても奇妙なほどの安心感に包まれていた。本来ならゴブリンの大群に囲まれたり、ギガンテスに遭遇するなど、百回死んでもおかしくない場面ばかりである。

しかし、一郎が傍に居れば「何とかしてくれる」と無意識に思っていたのだ。

これでは危機感など麻痺してしまい、全ての事柄に対して一郎の力に頼りっぱなしになってしまうであろう。完全に、〝ぶら下がり〟の状態である。

「そのような怠惰な者、御方は不要であると考えておられるのだ。故に、この地の民草から距離を置かれたのであろう」

「言われてみれば、その通りですね……」

ピコが俯き、悔しそうに歯噛みする。もし、この会話を一郎が聞いていれば「日本語でおk」と呟いたであろうが、幸いな事にここには居ない。

「一郎さんは、そこまで考えて……」

「うむ。御方の眼は、常に全世界の民を見据えておられる――――」

ここに一郎が居れば、「そんなもん、見据えた覚えはねーよ！」と絶叫したであろうが、魔神は即座にその意を汲んで動き出す。

「童、まずは下の人間をここに移す」

「えっ……に、二階層にですか？」

「この地の方が居住に適しておる。下は〝作業場〟でよい――」

デスアダーの見たところ、この階層の方が明るさも確保されており、最下層より住み心地は良さそうであった。ゴブリンたちが残した畑や、家畜も多い。

迷宮の壁に使われている煉瓦を使えば、たちまち住居を作る事も可能であろう。

最下層は魚や塩、木材や飲料水などを確保する仕事場にするという方針である。

「そ、そうですね……ゴブリンが使っていた部屋や、溜め込まれた財宝もあるでしょうし、何とかなるかも知れませんっ！」

「うむ。どれだけの難事であろうと立ち向かい、不可能をも可能にせよ――！　それを成した時、初めてこの地の民は、御方に認められるであろう」

「は、はいっ！」

こうして、最下層と二階層に大きな異変が起きつつあったが、遥か上層でも一郎がハイランドに向けて出発しようとしていた。

いずれ、上下の階層で大騒動が起こることは避けられそうもない。

選定の箱

――七階層　眠らずの森

あれから、ブルーハウスでは上層へと向かうために様々な準備を整え、瞬く間に数日が経過していた。主に、狩った動物の皮などを持っていくためである。

白髪の少女は見事な手付きで皮を剝ぎ取り、内側に付いた肉をこそげ落としていく。皮の処理など見た事がない一郎は、思いつくままにあれこれと口を挟む。

「それは、キッチリ取らないとダメなのか？」

「……勿論。このままだと腐るからね」

「そりゃそうか」

皮の内側には肉や脂肪などが付着しており、これを放っておくと当然腐る。少女は刃物を使い、器用にそれを取り除いていく。

「……真っ赤な内側を、白くなるまでこそげ落とすのさ」

「大変な作業だな」

次に少女は木板の上に皮を置くと、釘を使いながら目一杯それを広げていく。

「皮は広げないとダメなのか？」

「……時間が経つと縮むからね」

「はぇー……」

少女の説明を聞きながら、一郎は社会見学にきた小学生のような声を上げた。

どういう訳か、この少女の声を聞いていると心地好いのだ。眠くなるような、心の棘が落ちていくような、まるでヒーリング音楽のようである。

「……後は、お湯に溶かした脳漿を擦り込む」

「脳漿を!?」

「……古くからの知恵さ」

刷毛《はけ》を使いながら、少女は万遍なく皮の内側へ脳漿を塗り込んでいく。そんな物を使うとは想像もしていなかった一郎は、呆然としながら作業を見守っていた。

「……今日はここまで。もう休むとしよう」

「そ、そうか……」

作業道具を片付け、少女がするとベッドに入る。この階層は常に真昼のような明るさが保たれているため、昼夜の区別が付き難い。

一郎はおもむろに〝画面〟を開くと、そこには21:00と時刻が記されていた。

「毎日、正確な時間に寝ているな。体内時計でも持ってるのか？」

「……時計なんて高価なもの、王侯貴族でもなければ持てないよ」

「そういうもんか」

「……そういうものさ」

何が可笑しいのか、少女がくすくすと笑う。

彼女は彼女で、一郎との会話を楽しんでいるらしい。

（まだ眠くはないんだけどな……）

ロクに手伝いもせず、ニート生活を満喫していた一郎であったが、やむなく隣のベッドに入り、大人しく目を瞑る。他にもベッドは複数あったが、長い間使われていないようであった。使用者が居ない二段ベッドなどは、見ていて寒々しいものがある。ここにはどんな人間が居て、どうして居なくなってしまったのか、どうしても考えてしまう。

「……上では、君に嫌な思いをさせてしまうだろうね」

「別に構わんさ」

寝転がりながら、一郎が木の実を齧る。

かなりアクの強いものであったが、噛んでいると独特の風味があって、癖になる味だ。

「……大勢の人間から、嫌な目で見られることになるよ」

「喰われるよりマシだ」

どんな目で見られようと、何を言われようと、物理的に喰われることに比べればまさしく些事であった。最下層の人間は、常に捕食される恐怖と共にあったのだから。

「……君は、本当に豪胆だね」

「単に無知なだけだ。こんな場所に、一人で住んでるお前の方が勇者だろ」

あれから一郎は少女と共に何度か外に出たのだが、周囲には熊のような魔物や、巨大な木の化物などがうろついており、安全とは程遠い場所であった。

とてもではないが、こんな小さな少女が一人で暮らすようなところではない。

「聞いて良いのか分からんが、他の連中は何処に行った？　何で一人で居る？」

「……どうしたの？　私に興味があるの？」

「ねーよ」

「……相変わらず、イチローは嘘つきだね」

少女がくすくすと笑い、一郎はしかめっ面で木の実を噛み砕いた。

良い大人が、子供にからかわれているような図である。

「……君こそ、チキュウという階層から来たのかい？　そんなボロボロの格好で」

「着たくて着てる訳じゃないけどな」

顔をうまく隠せるものが、このフード付きのローブ以外にない。ボロボロの格好で居れば、下手に女性が近寄ってくる事もないだろう、という考えもある。

「……上で、君が探しているものが見つかると良いね」

「あぁ、期待し……って、もう寝たのかよ」

気付けば少女は静かな寝息を立てており、一郎も黙って目を閉じる。

上で、妙な騒ぎが起こりませんようにと祈りながら。

翌日、出発の朝がきた。

身支度を整えた二人は、辺りを警戒しながら外へと出る。

どういう訳か、少女は魔物に襲われることが少なく、見つかっても相手の方から逃げ出す時すらあるのだ。一郎は何度か理由を聞いたが、少女は何も答えなかった。

「虫除けスプレーか、蚊取り線香でも持ってるのか？」

「かとり？」

「そうそう、キンチョーの夏、日本の夏」

「……ニーポン？　君は、たまに妙なことを口にする」

「妙なのはお互いさまだ」

一郎も少女も、互いの事を殆ど知らない。

それだけに、言葉の端々にすら興味が出てしまうのであろう。

「まぁ、向こうから逃げてくれるなら助かるけどな」

「……そう、だね」

歩き始めて暫く経つと、白い円形のものが目に飛び込んでくる。筒状に上へと伸びているそれは、かつて見たエレベーターそのものであった。

「おいおい……あれは何だ？」

「……あれが、有名な選定の箱さ」

「選定の箱……？」

その箱とやらの周囲には多くの魔物が徘徊していたが、少女の姿を見た途端、慌てたように逃げ散っていく。普通の人間であれば、少女に得体の知れない不気味さを感じたに違いない。

だが、一郎からすれば願ったり叶ったりである。

戦闘にならなければ、厨二めいた行動をせずに済む。

「段々、お前が女神に見えてきたよ」

「……それは、皮肉かい？」

「大マジだ。お前と出会ったのは、運命かも知れない」

いつになく真剣な声に、少女の足が止まる。

女神だの、運命だの、一郎の発した言葉は刺激的すぎた。白い陶磁器のような頬が僅かに紅潮し、少女は誤魔化すように慌てて口を開いた。

「……こ、これはね。人を、人数を、選定する無慈悲な箱だと言われているよ」

（それ、単に重量オーバーってだけじゃないのか？）

恐る恐る近寄ると、矢印で「上」と描かれたボタンが目に飛び込んでくる。

(どう見てもエレベーターです。本当にありがとうございました)

何故、こんな場所にエレベーターがあるのか、一郎にはサッパリ分からなかったが、今はそれを追求している暇はない。

階段を登らずに上へ行けるなら、それに越したことはないのだから。

これをエレベーターとして見るなら、かなりの大きさであり、結構な距離を置いて3本の巨大な白い筒が設置されていた。

「これを使って、上下を行き来する訳か」

「……うん。私たちは二人だから、問題ないはずさ」

「そりゃ、一安心だ」

「……中に入ると、暫くは狭い場所で二人きりだよ。嬉しいかい?」

「いや、全く」

一郎は素っ気無く答えながら、ボタンを押す。実のところ、この少女の声を聞いているだけでも妙に心地好いので、悪い気はしていない。

しかし、それを認めるのは癪なのか、表面上の態度はご覧の有様であった。

(これ、待ってる間に魔物から襲われないか……?)

ふと、そんなことが頭に浮かぶ。

どれだけの高さがあるのかは分からないが、一つの世界を移動するともなれば、それなりに時間が掛かりそうであった。

肉食動物がうろつくサバンナや、ジャングルの真ん中で立っているようなものである。

普通に考えるなら、格好の的であった。

「思ってたより、危険だな」

「……そうだね。これを使う時は皆、ピリピリしているよ」

「そもそも、こいつは魔物に壊されたりしないのか？」

「……選定の箱はとても頑丈でね。魔物の攻撃でもビクともしないんだ」

（ファンタジー世界でよく聞く、オリハルコンとかってやつか？）

何の素材で出来ているのか謎であったが、見た目は軌道エレベーターに良く似ている。

一郎は表面を軽く叩いてみたが、これを破壊するのは骨が折れそうであった。

「……箱に拒絶されると、人数が分断されて危険なんだ。降りた瞬間、魔物に襲われるパターンも多いから」

一度降りてしまえば、上に戻すのにも相当な時間が掛かりそうであった。その間、割れた人数で戦うとなれば大変である。

下手をすれば、仲間が降りてくる前に全滅しかねない。

「だからこそ、彼らは出来るだけコンパクトな装備、人数を心掛けるのさ。これから君が冒険者に

なるなら、覚えておいた方が良いと思ってね」

「そうか、勉強になるな」

実際、そういった悲劇が何度も繰り返されてきたのだろう。

一郎は少女からの忠告をありがたく受け取ったが、肝心のエレベーターが全く降りてこない。

「にしても、暇だな」

「……本当なら、この待機時間も危ないんだけれどね」

獲物を持ち帰るとなれば、出発時より重量が増す。

そうなれば、帰るときもまた〝選定〟である。下手をすれば、ここでも分断されてしまい、残された方は箱が降りてくるまで持ち堪えなくてはならない。

「行くも地獄、帰るも地獄だな」

「……それでも人は、未知の階層に旅立つのさ」

「なーにを、大人ぶったことを」

「……こら、やめないか！」

一郎が少女の頭を引き寄せ、ゲンコツでぐりぐりする。

困ったように声を上げる少女であったが、心なしかその顔は嬉しそうであった。

何の気兼ねなく、無造作に接してくる一郎に何か思うところがあるのかも知れない。

二人が無意識にイチャイチャ（？）する中、ようやく箱が降りてくる。

扉が開くと、そこには屈強な男が三人立っていた。其々が斧や剣を手にし、背中には大きな革袋まで背負っている。

「なっ、このガキ、は……！」

「クソッ、いきなりこれかよ！」

男たちは少女の姿を見た途端、露骨に顔を歪め、箱から飛び退くようにして離れた。まるで、近寄れば何かの病気にでも伝染するとでも言わんばかりの態度である。

「おい、ガキ。上に何の用だ？」

「てめぇが来たら迷惑なんだよ。それぐらい察しろや」

「それに、横の……こいつぁ、誰だ？」

三人が口を揃えて罵倒をぶつけてきたが、少女は無視するように箱へと乗り込む。一郎も一郎で妙なトラブルはごめんだと、無言で中へと入った。

そんな二人の背に、容赦のない言葉が続く。

「おい、今度はそいつが選ばれたのか？」

「汚ぇナリしやがって……冗談じゃねぇぞ」

「つーか、こんな連中、上にやるべきじゃねぇだろ。降ろしちまおうぜ」

二人を箱から降ろそうと、男たちの一人が箱に乗り込もうとしたが、一郎は素早く「閉」ボタンを連打する。

「おい、降りろ。てめぇら免許持ってんー——ぉぷッ！」

閉じようとした扉が見事に男の顔面を挟み込む。現代のエレベーターであれば、すぐさま障害物を察知して開くであろうが、箱の扉はそのままであった。

完成したマヌケな面に、一郎が遠慮なく大笑いする。

「うっはっはっ！　ダッサ！　お前、めっちゃブサイクなのな」

「いづづ……ッ！　あけ、開けろッ！　てめぇらみたいな疫病神はなぁ、下でゴミのように生きてりゃ良いんだよ！　俺らの空間に入ってくんじゃねぇ！」

男の言葉に、一郎の目がギラリと光る。

事情こそ分からなかったが、年端もいかぬ少女にぶつけるような言葉ではない。

「随分と良く回る舌だな」

「さっさと開けろ！　ぶっ殺されてぇのか！」

「ならこうしよう。俺にジャンケンで勝てば解放してやる」

「はぁ？　何を言っ……」

ジャンケンもなにも、男は突き出した顔を挟まれている状態である。両手は扉の向こうにあり、手を出す事すら出来ない。

「ジャン〜ケン〜〜」

「お、おい、待て！」

グゥ――――ッ！

男の頭に向け、一郎が容赦なくゲンコツを振り下ろす。

「ぉ……がっ……」

「あいこか……なら、もう一回といこうか」

その言葉に、男の顔が青褪める。

だが、一郎は容赦なく次の手を放った。

「ま、待って！　待って下さい！」

「ジャン～ケン～チョキ！　という名の目潰し！」

「あんぎゃ――――ッ！」

「あ～いこ～で、パァ――――ッッ！」

「ぶひぃぃぃぃっ！」

最後に闘魂ビンタが炸裂し、その衝撃で男の体が吹き飛ばされた。扉は何事もなかったかのように閉まり、箱が上層へ向けて動き出す。

一仕事終えた、と言わんばかりに振り返ると、少女は俯いたまま肩を震わせていた。

「……そ、そんなジャンケン、見た事がないよ」

「地球じゃ、あれが普通でな」

「……嘘つき」

必死に笑いを堪えていた少女であったが、一郎のすっとぼけた回答にとうとうお腹に手を当てて笑い出す。

「……君は、色々と、酷いよ」

「あいつ、最後は豚みたいに鳴いてたな」

その言葉に、少女の笑いがまた大きくなる。

普段は儚げな表情をしているだけに、一郎も嬉しそうにその姿を見ていた。ひとしきり笑った後、少女は俯きながら言う。

「……街の入り口までは案内するよ。そこからは、一人で行動した方が良い」

「右も左も分からないんだが」

「……衛兵に聞けば教えてくれるさ」

「知らない奴に案内されるなんざ、気詰まりだ」

二人が無言になる中、箱はかなりの速度で上昇していく。

まるで、ＳＦ映画で見た軌道エレベーターのようである。完全に高度な文明の産物であり、誰がこんなものを作ったのか、と改めて一郎は思った。

「……きっと、面倒事に巻き込んでしまう」

「気にするな。騒動には慣れっこだ」

少女は迷惑をかけまいと、そっと距離を取ろうとする。それに対する一郎の態度も頑なであり、意に介さぬように返す。

少女は暫く無言でいたが、やがて意を決したように口を開く。

「…………だよ」

「ん？」

少女が何かを呟き、一郎が聞きなおす。

「……ティナ」

「何だそれは。街に入る合言葉か？」

「……私の名前さ。イチローが知りたいって顔をしてたから」

「してねーよ」

「……嘘だ。イチローは私のこと、知りたがってる」

くすくすと笑う少女に、一郎は仏頂面で頬を掻く。確かに、この子のことが気になっている自分が居たからだ。

「…………私も、イチローのことが気になってる」

「只の乞食だよ」

「……もっと気になって欲しいかい？」

「言ってろ」

一郎が素っ気無く答える中、エレベーターはグングンとスピードを上げ、遂に上の階層へと辿り着く。箱の中に飾り気のない到着音が響き、いよいよ人間が住む国への扉が開いた。

ハイランド

軽快な到着音と共に、扉が開く。

扉の先には、石で舗装された綺麗な道が広がっていた。

ようやく、〝ティナ〟と名乗った少女と、一郎が八階層へと踏み出す。

「……ここがハイランドさ」

「人間の国、か」

しみじみと呟き、一郎は辺りに広がる景色へと目をやる。

思えば、この世界に来て以来、ロクな階層を見たことがなかった。

最初に目覚めた場所は宇宙船の内部のようであり、次はゴミ捨て場へと追放され、次は人が喰われている世界。最後はゴブリンが支配する迷宮である。

（やっと、まともな場所に辿り着いたな……）

二人の姿を見て、衛兵らしき男が二人近寄ってくる。一人はまだ若く、20代前半の風貌をしていたが、もう一人は中年の風貌をしている。

「お疲れさん、無事に戻れたようだな。獲物は何だ？」

「ん？　お前は……」

「どうしました、先輩？」

「このガキ、刻印の……！」

慌てた様子で中年男が飛び下がる。

若い衛兵は何が起きているのか分からず、右往左往してしまう。

「せ、先輩……？」

「あ、あんた……何の用だ？」

中年の衛兵は槍こそ向けなかったが、その目は魔物でも見ているかのようであった。

その顔色まで青褪めてしまっている。

「……商品を売りにきただけ。迷惑はかけない」

「と、隣の男は？　そいつも〝お仲間〟か？」

「……違う。彼は普通の人間」

中年の衛兵が恐る恐る、といった感じでティナに応対する。近寄れば、何か悪い病気にでも伝染するのか？　とでも思ってしまうような態度だ。

一郎からすれば、見ていてあまり気持ちの良いものではない。

「と、とにかく、用事が済んだらすぐに出て行ってくれ……」

「……分かってる」

俯きながら、ティナが衛兵の横を通り過ぎていく。色々と思うところはあったが、一郎も無言でそれに従った。見上げると、下の森で見たような作り物の空が広がっていたが、相変わらずそこには雲一つ浮かんでいない。

（ハイランド、ね……）

前方へ目をやると、そこにはアニメなどで良く見かけた中世の街並みが広がっていた。

行き交う人々の群れも雑多で、ターバンを巻いてラクダを連れている者も居れば、大振りの剣を背負っている者も居る。

通りには多くの露店が並び、野菜を並べている者や、焼きソバのようなものを焼いている者まで居る。無造作に並べられた果物には、一郎が見た事がない形のものも多い。

（人の国、か………）

久しぶりに文明らしいものを見て、ようやく一郎の心が軽くなる。下では人がゴミのような扱いで散々であったが、ここでは〝人間が主役〟であるらしい。

「……イチロー。先に私の用事を済ませるけど、良いかい？」

「あぁ、それで構わない」

ティナが街中へ踏み出すと、人々はギョッとした顔付きで道を開けていく。

そればかりか、ヒソヒソと何かを耳打ちしだす始末であった。人々の口から漏れ聞こえるのは

「刻印」や「印」といったものばかりである。

（分からないな……あの冠の事だとは思うが、あれに何の意味がある？）

一郎はティナが抱える何かが気になっていたが、本人が口にするまで待とうと考えていた。誰にでも一つや二つ、聞かれたくないことや、知られたくないことがある。

やがて、ティナは表の大通りを避け、薄暗い路地裏を選んで進んでいく。

華やかな通りとは違い、路地裏には異臭が漂っていた。

ロクに掃除もされていないのか、あちこちにゴミが散らばっている。

「まるで、スラム街だな」

「……ハイランドは、二つの区画に分かれているんだ」

「金持ちと貧乏人か？　分かりやすいな」

「……まぁ、そうなる」

よく見れば、路上に寝転んでいる者や、座り込んでいる者も多い。

片足を失い、松葉杖をついている男も居た。

「……彼らはね、冒険者となって、手足や指を失ったんだ」

「そうか」

「……君も、その冒険者になろうとしてる」

ティナが振り返り、じっと一郎を見る。

キラキラとした水色の瞳に、不覚にも一郎が目を逸らす。こんな小さな少女に、心配されるのが気恥ずかしかったのか、何なのか。

「危険があるのは分かるが、行ってみたいんだよ。色んな場所を見て、色んな世界を見て、色んなものを触って、嗅いで——」

一郎は病室で過ごした長い日々を思い出しながら、しみじみと呟く。

今では体に何の痛みもなく、普通に歩く事だって出来る。五体満足であるのに、一箇所でじっとしていたくない、というのが一郎の本音であった。

可能なら、世界の全てを見てみたい——と思う程に。

「……君も、私を」

「ん？」

「……いや、何でもないよ」

何かを言いかけたティナであったが、再び歩き出す。

やがて、一軒の店の前で足を止めた。

その佇まいは店というより、バラック小屋のようにしか見えない。立てられた看板には、無愛想な字で「皮　—シガレッド—」とだけ記されてある。

「……いつもお世話になっている店さ」

「今にも崩れてきそうなんだが、大丈夫なのか？」

店の中に入ると、皮の放つ独特な臭気が鼻を突く。

店内は思っていたより広く、奥では一人の男が何かの作業をしているようであった。

「……親父さん、居るかい？」

「お前さんか」

逞しい肉体を持った中年男が立ち上がり、無愛想な面でティナを出迎えた。

その頭部は潔いまでのスキンヘッドである。一郎から見たその男は、ヤクザとしか思えないものがあったが、彼もまた、一郎を見て僅かに目を細めた。

「後ろのも、そうか？」

「……違う。彼は普通の人間さ」

「フン……なら、物好きなこった」

そんなやり取りを聞きながら、一郎は店内をぐるりと見回す。

壁には皮だけではなく、様々な形をした角や、牙のようなものまで並べてある。現代の日本ではあまり見る事がない物ばかりであった。

「今回は随分と早かったな」

「……彼を案内しようと思って。図書館に用があるらしい」

「ハッ、そんな乞食みてぇな格好で本ってか？」

親父はティナが持ってきた皮をチェックしながら、鼻で笑う。本とは知識階級のものであり、日々を生きていくだけの庶民には縁のないものだ。

「丁寧に仕上げたな。良い仕事をしやがる」

親父は懐から葉巻を取り出したかと思うと、指先から火を灯した。魔法の一つなのだろう。まるで、ライター要らずの光景であった。

やがて品定めを終えたのか、親父は3枚の銀貨を置いた。

一郎にはその価値が分からなかったが、銀色に輝く硬貨は見た目からして美しい。

「……ありがとう。これで必要な物を買って帰れるよ」

「十分の一の値段で買い叩かれてるってのに、何がありがとうだ」

「……別に、親父さんのせいじゃない」

親父は憮然とした表情を浮かべながら、やがて奥へと消えていった。店を出て、無言で歩く少女の背に、一郎は思ったままをぶつけた。

「買い叩かれてると言ってたが、構わないのか？」

「……買ってくれるのは、あの店だけでね。助かっているよ」

「事情はよく分からんが、安く買えて助かってるのは向こうだろ」

「……親父さんには娘が一人居たけど、私と同じように刻印を刻まれたんだ」

「だから、その刻印ってのは――」

立ち止まったティナの肩は、僅かに震えていた。

彼女にとってはあまり、好ましい話題ではないのだろう。

刻印の話を飛ばし、皮の話へと戻してしまう。

「……親父さんは訳アリの品として、私たちが持ってきた品を市場で売ってくれるんだ。労ばかりあって、儲けなんてないよ」

「見た目はヤクザだけど、悪い奴ではないってことか」

ティナは「ヤクザ」という単語に可愛く首を捻ったが、話題を変えても一郎が深く追求してこなかった事に感謝した。

再び歩き出そうとする二人の背に、野太い声が届く。振り返ると、先程のヤクザとしか思えない親父が怖い顔付きで立っていた。

「おぅ、あんちゃん――――！」

「い、いや、ヤクザってのはもののたとえで……」

慌てて弁解する一郎であったが、親父は無視して大きな革袋を投げてよこす。

かなりの重さがあり、中には野菜や果物などが詰め込まれていた。

「これは……？」

「余りもんだ。嬢ちゃんに、たまには良いもんでも食わせてやれ」

それだけ言うと、親父は葉巻を燻《くゆ》らせながら去っていった。

「あのヤクザ、ツンデレかよ………」

「親父さんは、とても良い人さ」

一郎は去っていく親父の背を見ながら、彼の娘はどうなったのか聞きたくなったが、結局口には出せずにいた。あまり、良い答えは返ってきそうもない。

「ティナ、次は図書館か？」

「……その前に、ギルドで登録が必要だね。身分証がないと、中に入れないんだ」

聞くと、昔は誰でも入れたらしいが、貧困層が本を盗む事件が幾つか発生し、それ以来、身分証の提示が必須になったとの事であった。

「……それにしても、イチローの格好は酷いね」

「別にこれで構わんさ」

あのキラキラの軍服より、まだ乞食の方がマシだとでも思っているのだろう。

今では顔をすっかり覆い隠せる、この服が手放せなくなっていた。

「……高いものは無理だけど、今より少しはマシな服を買ってあげるよ」

「勝手に人をヒモ扱いすんな」

「……家でも食っちゃ寝してたじゃないか。君はヒモさ」

「ぐぬぬ……」

乞食であり、ヒモでもある――史上最低のクソ王子であった。

汚名をそそぐべく、一郎は高らかに宣言する。

「良いだろう……冒険者とやらになって稼いでやるさ。あの青色の家を、城にするぐらい稼げばいいんだろう！　稼げば！」

「……城に、か。楽しみにしているよ。ヒモロー？」

「誰がヒモローやねん！」

真実の口

薄暗い路地裏をティナが淀みなく進んでいく。

彼女にとっては、慣れた道なのだろう。

一郎も辺りに目を配りながら、退廃した空気の中を歩いていく。

「ティナ、登録ってのには何か必要なものとかあるのか？」

「……身一つで大丈夫さ。犯罪歴さえ無ければね」

随分とアバウトだな、と一郎は思ったが、今回に限ってはありがたい話であった。根掘り葉掘り聞かれたり、調べられては厄介である。

「……年齢や性別も一切不問の、死して屍拾う者なしの世界さ」

「なるほどな」

「……社会的な保障も、何もないよ」

聞けば聞くほど、まるで使い捨ての駒扱いであった。逆に行商人の登録は別物で、様々な商品を取り扱う事もあってか、身元のしっかりとした保証人などが必要になるらしい。

「ちなみに、犯罪歴なんてどうやって調べるんだ？　警察でも居るのか？」

「君は本当に何も知らないいんだね……〝壁〟が調べるのさ」

一郎はその言葉にクエスチョンマークを浮かべたが、ティナは現物を見せた方が早いと判断しているのか、詳しく説明することはなかった。

そのまま足早に街を通り抜け、ティナは石造りの大きな建物の前で足を止めた。かなりの広さと奥行きがあり、三階建てという事もあってか、ちょっとした砦のようである。

「ここがギルドさ。私は外で待っているよ」

「ブラック企業の本社って、大抵立派だよな」

「……キギョウ？」

「いや、気にせんでくれ」

扉を開けた途端、酒の匂いが鼻を突く。

大勢の人間が放つ体臭や、料理の香りなどが混ざり合い、見るからに混沌とした空間であった。

建物の中には大勢の男女が犇《ひしめ》いており、依頼書を手に何事かを話し合っている者や、酔って掴み合いになっている者、それを野次っている者など、乱雑な空気である。

（ひでぇ場所だな……）

下は酒場にでもなっているのか、階段の下からは酔って酩酊した者の声や、楽器の音色、歌のようなものまで聞こえてくる。中に居た数人は一郎へ鋭い視線を送ったが、その風体を見て興味をなくしたのか、仲間との話し合いへと戻っていった。

（とりあえず、受付に行ってみるか……）

カウンターに向かい、眼鏡をかけた受付嬢へ用件を告げる。彼女は一郎の風体を素早く確認し、露骨に顔を歪めた。

「冒険者として登録したいと……貴方が？」

「あぁ、そうだ」

受付嬢は目を伏せ、溜息を吐く。

見たところ、まともな武器や防具も持っていない。小汚いローブを纏い、その上、裸足である。何処からどう見ても、食い詰めた乞食以外の何者でもなかった。

「言っておきますが、そんな甘い考えでは死にますよ？」

受付嬢としては、精一杯の忠告であったに違いない。

だが、一郎は死という言葉が嫌いだ。

「簡単に死んでたまるかよ。やっと健康な体に戻れたんだ……石に齧り付いても生きてやる」

「はぁ……まぁ、良いでしょう。忠告はしましたよ」

受付嬢は説得を諦め、事務的な手続きに入る。

これまで多くの者が彼女の忠告を無視し、帰らぬ人となった。それに対し、痛みや罪悪感を感じていたのも遠い昔の話だ。

今では仕事と割り切り、ドライな対応が出来るだけの年月が経過した。

「念の為に聞いておきますが……貴方は、ハイランドの住人ですか？」

「いや、違う」

「そうですか………」

受付嬢の目付きが、段々と鋭くなっていく。カウンターにいるより、刑務所などで犯罪者を締め上げている方が余程似合うと思える雰囲気であった。

ハイランドの住人ですらない乞食。そんな存在が周囲から、依頼主から、どう扱われるか推して知るべし、であった。

「では、どの階層から？」

「最下層の、更にその下だ」

一郎の返答に、近くにいた冒険者が噴き出す。

気の利いたジョークだと思ったのだろう。相手がまともに答える気がないと判断したのか、彼女も事務的な対応を進めていく。

「……まぁ、いいでしょう。本当に登録をお望みなら、貴方はこれから〝真実の口〟にかけられ、全てを明らかにされますが、宜しいですか？」

「口とは何だ？」

「冗談もいい加減に……貴方のステータスや、犯罪歴を調べるんですよ」

受付嬢が立ち上がり、一郎もやむなくその後ろをついていく。周りにいた冒険者からは面白がられているのか、野次とも応援ともとれるような雑多な声が飛んだ。

「おい、最下層から来たあんちゃん。食い千切られんなよ！」

「ギルドに裸足で来た奴なんざ、はじめて見たぜ」

「大方、スラムで食い詰めた乞食だろうよ」

「ありゃ、初日でくたばるな」

冒険者たちが半笑いを浮かべる中、二人が〝真実の口〟へ向かう。一郎は知る由もなかったが、新人がこれに臨むのは一種の祭りであり、息抜きのイベントでもあった。

当然、使えそうな新人が来たのであれば、能力次第ではすぐに他パーティーからスカウトされる事もある。冒険者の世界は、損耗も消費も入れ替わりも激しい。

（ステータスって……ヤバくないか？）

歩きながら一郎は内心、ビクビクしていた。

自身のステータスが異常であることを、既に察していたからだ。

「少し、聞いてもいいかな？」

「……何でしょう？」

「普通のステータスというのは、どのぐらいなんだ？」

「大体のルーキーは、３～５といった数値が標準ですね。レアなケースでは、レベルアップで化ける方も居ますが」

それを聞いて、一郎の顔が青褪めていく。

この男のステータスは、全分野が「７７７」という馬鹿げた数値なのだ。そんなものが表沙汰になった日には、国中が引っくり返るであろう。

「い、一番強い奴のステータスを聞いても……？」

「当ギルドには、Ｂランクのパーティーが存在します。その方たちであれば、その数値は50や60にも達することでしょう」

「な、なるほどね……」

かつて、ピコから聞いた「災害級」と呼ばれる魔物のことが頭をよぎったが、自分こそが災害としか思えない存在であった。

巻き起こるであろう、様々なトラブルを予見し、一郎はさり気なくこの場を去ろうと決意する。

「あ、ぁー、何だかお腹が痛くなってきたな～。ぽんぽんペインだわー。よーし、お兄さん別の日に挑戦しちゃうぞ～」

「逃がしませんよ」

ガシッ、と音が出そうな勢いで受付嬢が一郎の腕を摑む。

調べれば、必ず犯罪歴が出てくると踏んでいるのだろう。その目は受付嬢というより、正に憲兵に近いものがあった。

「さぁ、ここに手を入れて下さい」

「ちょっ……」

そこにあったのは、古臭い観光地などでたまに見かける「真実の口」であった。

壁には人の顔が刻まれており、その口の中に手を入れて遊ぶものである。

往年の名作映画、ローマの休日などで一躍有名になったものだが、ここの壁にはどういう訳か、見る者をムカつかせるオッサンの顔が描かれていた。

「もうご存じでしょうが、犯罪歴のある者は手が抜けなくなります」

（ご存じじゃねーよ！）

一郎はそう叫びたかったが、周囲の冒険者たちは下品に笑いながら身構え、逃がさないよう万全の態勢をとった。往生際悪く、ここで暴れる者が多いのだ。

「さぁ、手を入れなさい。犯罪者」

「誰が犯罪者やねん！」

折角、人間の街に辿り着いたというのに、このまま逃げてしまえばお尋ね者として追われる事になってしまうだろう。

一緒に居たティナにまで迷惑がかかるに違いない。

（くっそ……こうなったら、ぶっ壊すしか！）

一郎は身勝手にも、オッサンの顔ごと粉微塵にせんと拳を固める。

自身が助かるためなら、たとえ公共物であっても平然と破壊してしまえるのが山田一郎という男であった。対象がムカつくオッサンの顔であったことが、その決意を力強く後押しする。

（いや、ちょっと待て……！）

一郎は奇妙な能力が発動していた事を思い出し、慌ててコマンド画面を開く。

――王族の身分偽装
勝手に発動していた能力であり、一郎は急いで内容を確かめる。

「流星の王子様」から派生。

古今東西、王子が身分を偽装するのは当然であり、自身が特別な存在であると露見してしまわぬよう、ステータスを偽装する。


（おぉぉぉ……グッジョブ！　まともな能力もあるんじゃないか！）

今、最も欲しかった内容に一郎は歓喜の声を上げる。

これまでとは違い、この能力は非常に役立ちそうであった。

勝利を確信した一郎は、勝ち誇った表情で告げる。

「ふん……そんなに見たけりゃ、見せてやるよ」

「開き直りですか。この性犯罪者」

「お前な……」

オッサンの口に手を入れるのはかなりの抵抗感があったが、一郎は思い切って手を突き出す。

途端、右手に緑色のレーザーのようなものが走っていく。まるで、病院などで受ける精密検査のようである。

やがて、ピピッと軽快な電子音が鳴り、受付嬢が手を抜くように指示した。

一郎が黙って従うと、オッサンの口から一枚のカードと長い紙が吐き出された。

受付嬢はレシートのような紙に目を通し、眼鏡を曇らせる。

「おかしいですね。犯罪歴がないなんて……」

「お前、どんだけ俺を犯罪者にしたいんだよ」

「しかし、ステータスの方は……ぅぷっ」

「……笑った？　今、絶対に笑ったよな？」

「いいえ、笑ってなどいません」

澄まし顔に戻った受付嬢は、つまらなそうに紙を手渡す。それに目を通すと、全ての項目に「1」という数字が記されていた。

能力を示す項目も見事に空っぽである。

周囲で身構えていた冒険者たちも紙を覗き込み、遠慮なしに笑いだす。

「おいおい……あんちゃん、全部1かよ！」

「最下層から来ただけはあらぁな。ステータスも底辺ってか！」

「こりゃ、運び屋《ポーター》としても使えねぇわ」

「まっ、元気だせや。いつか芽が出るといいな」

大声で笑う者、馬鹿にする者、同情する者、反応は様々であったが、一郎は自身のステータスを偽装出来たことにホッと一息つく。

笑われるより、本当の数値が露になる方が大変であった。

「では、こちらが貴方の冒険者カードとなります。ステータスの変化や、何らかの能力を得た場合にも自動で更新される事になりますので」

「便利なもんだな」

「カードは身分証にもなります。くれぐれも失くさぬようにお願いします……ヤマダさん？」

（あのオッサン、名前まで分かんのかよ）

科学なのか魔法なのか、原理はサッパリ分からなかったが、一郎はようやくこの世界における、身分証らしきものを手に入れることが出来た。

「これで、図書館にも入れるんだよな？」

「言っておきますが、図書館に猥褻《わいせつ》な本はありませんよ？」

「お前、何処まで俺を性犯罪者にしたいんだ……」

一郎は図書館へ向かう前に、冒険者がどんな仕事をしているのか、依頼が貼り出されている木のボードの前へ立ち寄ってみた。

そこには無数の木札がかけられており、様々な依頼が並んでいる。

(どれどれ……灰色熊《グリズリー》の皮に、肝。大角鹿《エルク》の角と肉、ゴブリンの掃討、麦刈りの手伝い、警備、清掃業務、樹人《トレント》の樹液、薬草採取……)

どれを見ても、一郎には馴染みのないものばかりである。

精々、分かるのは警備や清掃業務ぐらいのものだ。

「にしても、ここにもゴブリンが居るのか……」

下の階層で見た、嫌な連中である。

木札には、耳を持ってくれれば大銅貨一枚と記されていたが、他と違っているのは、常時募集との文字が書かれてあることだ。

熱心にゴブリンの木札を見ていると判断したのか、受付嬢が気遣うように話しかけてくる。

「お止めなさい。貴方では、死ぬのが目に見えています」

「まぁ、そうかもな」

「そこには掲載していませんが、九階層では常に鉱夫の募集をしています。鉱山で働くのがいいでしょう。魔物を相手にするよりは、危険も少ないですから」

「鉱山、ね……悪いが、暗いところはもう腹一杯だ」

そのまま一郎が出て行こうとするも、入り口の扉が勢い良く開き、事態は急変した。

——下で鬼湧きだ。全員、出動しろ。

そこに立っていたのは、何人かの屈強な男と、小柄な女の子である。

男たちの姿も異様であったが、その中心に立つ少女の姿に一郎は目を剝いた。

目を瞠るような長い金髪に、紅蓮を思わせるようなマント。何より、その顔には不気味な白いマスクを着けているのだ。

（おいおい、あれって……チェーンソーじゃねぇのか!?）

しかも、手にはチェーンソーらしきものまで握られている。

誰がどう見ても、ホラー映画でお馴染みのジェイソンの姿であった。少女の声に建物内が俄かに活気づき、冒険者たちが次々と喚声を上げながら外へ走っていく。

地下の酒場にいた連中まで、大声を上げながら駆け上がってくる。

一郎は何が起きているのか分からず、呆然と突っ立ったままでいたが、その姿を見て、マスクを着けた少女が冷たい声を飛ばす。

「全員出動だ。聞こえなかったのか？」

「すまないが、用事があってな」

「緊急時には全員出動がルールだ。見ない姿だが、説明を受けていないのか？」

白いマスクから、鋭い視線が受付嬢へと飛ぶ。

それを受けて、恐縮したように受付嬢は目を伏せた。一郎のステータスを見て、とても使い物にならないと説明を省いたのであろう。

「こ、この方は先程登録されたばかりで……その、ステータスも……」

「ギルドの職員自らが、ルールを破ってどうする」

「も、申し訳ありません……！」

余程の力を持っているのか、職員よりも少女の立場が上であるらしい。

一郎は全員出動などというルールに巻き込まれぬよう、退散しようとしたが、そこにティナまで飛び込んできた。

「イチロー！　皆が出て行ったけど一体――」

「お前は、刻印の……」

一郎が答える前に、白いマスクがギロリとした視線をティナへと向ける。

周りの男たちはティナを恐れるようにして僅かに距離を取ったが、マスクの少女だけは微動だにせず、その声色も変わらなかった。

「良く分からないんだが、鬼湧きとか何とかで……」

「……大変だ、家が壊されてしまう！」

「そいつは不味いな……分かった。すぐに下へ向かおう」

いつになく焦った様子のティナを見て、一郎もとりあえず下へ戻ろうと決意する。

慌てて出て行こうとする一郎の背に、白いマスクから冷たい声が飛んだ。

「お前も、その女の〝お仲間〟か？」

「間借りはさせて貰ってるが、ヒモではないとだけ言っておく！」

それだけ言い残し、一郎が走り去る。

残された白いマスクは何が可笑しいのか、くぐもった笑い声を上げた。

「こいつは驚いた。あのガキと、一緒に住んでいるだと……？」

白いマスクが受付嬢の方へと向き、無言で顎をやる。詳細を聞かせろ、といったところだろう。

受付嬢も心得ているのか、知る限りのことを話していく。

「贅でもないのに、一緒に居るのか。余程の馬鹿なのか、それとも……」

その呟きは、周囲には聞こえないほどの小さいもの。

やがて、紅蓮のマントを翻し、少女もギルドを後にした。

流星の王子様

一郎とティナが箱に辿り着くと、そこは黒山の人だかりとなっていた。

誰もが興奮したように何かを叫んでおり、お互いの装備をチェックしあったりと実に騒がしい。何やら、荒っぽい祭りに出かける前の群集のようである。

「ティナ、鬼湧きとは何だ？」

「……一つの階層に、魔物が大量に現れることとさ」

「なるほど」

一郎の頭に浮かんだのは、一時期ネットゲームでよく見かけたＭＭＯである。

あれらも時に、フィールドを埋め尽くす程の大量のモンスターが湧く事があった。魔物の大群に巻き込まれて死ぬ事もあれば、大量の経験値や、ゴールドを手にする事もある。

「しかし、この様子じゃ、いつ乗れ――」

「……大丈夫さ」

「お、おい……」

ティナが無造作に歩き出し、人混みの中へと突入していく。

途端、群れが真っ二つに裂けた。

誰もがギョッとした表情を浮かべており、口にこそ出さないが、その顔色には名状し難い感情が浮かんでいる。

――それは、忌避感や恐怖といったもの。

先程までの騒ぎが嘘のように静まり返る中、一郎もティナの後についていく。

折角の騒ぎに水を差したようで居心地が悪くもあったし、同時に腹立たしくもあった。

「……行こう、イチロー」

「あぁ」

二人が難なく箱へと乗り込む。ティナの姿が消えた途端、周囲に集まっていた冒険者たちはホッと一息ついたように両肩から力を抜いた。

「クソッ、寿命が縮んだぜ……」

「あのガキ、まだ生きてやがったのか」

「ったくよぉ！　こっちまで刻まれたらどうしてくれんだ！」

「いっそ、殺した方がいいんじゃねぇのか？」

「馬鹿言え。それで怒りを買ったら、今度はこっちの番だぞ」

其々が好き勝手なことを口にしていたが、後ろから続々と集まってくる仲間たちに背を押されるようにして、集団は再び興奮に包まれていく。

鬼湧き自体は非常に危険であるが、同時にチャンスでもあるのだ。

多くの素材を入手したり、数で押して経験値を稼ぐ絶好の機会でもある。運び屋ですら、戦場から〝おこぼれ〟を拾うべく目を爛々と輝かせていた。

「下には誰が入ってんだ？」

「もう《暁の牙》と、《鉄の誓い》が固めてる」

「なら、安心だな」

箱の周囲を固め、人員が降りてくるまで防衛ラインを堅守するのは、一番大事な仕事である。

魔物は普段、箱の中に入り込むような事はしないのだが、鬼湧きの時は興奮しているのか、平然と中へ乗り込んでくる。

伝承では階層が魔物で埋め尽くされると、巨大な魔法陣が浮かび上がり、魔物が一斉に上へと〝転移〟してくると記されていることもあって、緊急時には全員が出動して、死力を尽くすというルールが出来上がったのだ。

「つか、さっきのヤマダって野郎……あのガキと一緒にいたぞ」

「なら、あいつもか？」

「それなら、真実の口が知らせるだろうよ」

「じゃあ、何であいつは頭や顔を隠してんだよ？」

「見たら死ぬようなブサイクなんだろ」

「「「ぶぁっはっはっは！」」」

集まった冒険者たちが遠慮なく大笑いする。能力もオール1で、顔までブサイクときては、もう救いようがないと思ったのだろう。

上では冒険者たちが大騒ぎする中、箱の中は静かなものである。

二人とも降下する間、無言のままでいた。

やがて、一郎は明日の天気でも口にするかのように言う。

「その刻印とやらのせいか？」

「……何がだい？」

「人や、魔物にまで避けられてるのは」

その問いに、ティナは長い沈黙で応える。

口にせずとも、それが答えなのだろう。一郎からすれば、まるで中世の魔女狩りでも見ているようであり、良い気分ではなかった。

「……長く一緒に居ると、君にも災いが降りかかる……かも知れない」

「決まった訳じゃないだろ」

「……刻印に近付くと、その人まで目を付けられる、と伝えられているんだ」

「それがどうした」

一郎は何故、こんなにムキになっているのか自分でも不思議であったが、森の中でたった一人で暮らしている少女に、何か思うところがあったのだろう。

そう、例えば――――病室で一人、朽ち果てていく自分の姿と向き合っていた時間などを。

この少女も森の中でたった一人、朽ちようとしている。

「……君は馬鹿だな」

「そうでもない」

「……馬鹿さ」

「お前、二回言ったな?」

無慈悲な連続攻撃に思わず一郎が突っ込んだが、横を見るとティナは俯いたまま泣いていた。

一郎はこの少女がたった一人で、どれだけの苦痛と、孤独に耐えてきたのかと思うと、胸が塞がる思いであった。

「まぁ、その、何とかなるだろ……い、いや、しないとな」

「……五階層」

「ん?」

「私が10歳の頃。そこに住む亡霊に、刻まれたのさ」

ポツポツと、これまでの経緯をティナが語りだす。その亡霊は度々、ハイランドの住人に刻印と呼ばれる冠を与え、その人間の魂を吸い取るらしい。

近寄れば周囲にまで災いが降りかかると噂されているため、印を刻まれた者は下の階層へと追いやられて隔離されてしまう。

その場所が、あのブルーハウスであった。

「……ブルーハウスに居た人たちは、全員死んでしまったよ。一人、また一人とね」

「聞いて良いのかは分からんが……お前の両親はどうしてるんだ?」

「……心労からか、二人とも倒れてしまってね。今じゃ、天涯孤独の身さ」

聞けば聞くほど、悲惨な話であった。

その上、似ていた。

知らず、握った拳が固くなる。

「なら、そいつをぶっ殺せば解決するんじゃないのか?」

「……冗談はよしてくれ。あれは古代から存在する、超常の力を持った亡霊なんだ」

「そうかい。まぁ、何とかなるだろ」

一郎は自分がその古代の亡霊とやらに勝てるとは思わなかったが、部下として与えられた、あの魔神なら容赦なくブチ殺してくれるだろうと確信していた。

亡霊どころか、あの魔神なら閻魔大王すら素手で撲殺しそうであった。

「……イチローは、どうして」

「ん?」

「……ううん、何でもないよ」

箱が軽快な音を立て、ようやく七階層「眠らずの森」に辿り着く。

扉が開くと、名称とは裏腹にそこは戦場であった。数え切れないほどの魔物が押し寄せ、それを立派な装備に身を包んだ冒険者たちが防いでいる。

押し寄せる魔物の多くが巨大な熊であったり、赤い目と口が刻まれた樹木であったりと、異様な光景であった。中には見慣れたゴブリンや、剣を握る骸骨、二本足で歩くライオンのようなものまで交じっている。

「やっと来たか！　早く戦線に加わってくれ！」

「脇にポーションや医薬品を並べろ！」

「何をボケっと……え？」

降りてきた二人の姿を見て、冒険者たちが一瞬、固まる。そこに居たのは忌まわしい刻印の生き残りと、みすぼらしい乞食であったからだ。

一刻を争うこの時に、無駄に〝箱〟が使われたと何人かが怒りを露にする。

「お前ら、ふざけんなよ！」

「緊急事態だって分かってんのか！」

「早く箱を上にやれぇぇ！」

必死に叫ぶ集団を、一郎は冷めた目付きで眺めていた。

緊急事態なのは、ティナも同じなのだ。

「行くぞ、ティナ」

「……うん」

絶叫が響く戦場を尻目に、二人がブルーハウスに向かって走り出す。

ティナも鍛えているのか、相当な速さで走ることが出来たのだが、その襟首を掴み、一郎は無言で小脇に抱えた。

「なっ、何をしてるんだ、君は！」

「この方が速いんでな」

一郎が地を蹴り、全速力で駆ける。一瞬で景色が後方へと流れ、そこだけ早送りでもしているような姿となった。箱からブルーハウスにはそれなりの距離があったのだが、気付けば目の前に無傷の家が佇んでいた。

「……よ、良かった。無事だった」

「そうみたいだな」

扉を開けて中を確認するも、出発時と変わらぬ光景がそこにはあった。森の中に隔離されたこの空間が、一郎の目に改めて寂しく映る。

気分を変えるように、一郎は早速ヒモ行為をはじめた。

「ティナ、お茶でも淹れてくれ。ついでに、ヤクザから貰ったものを食おう」

「……イチロー、君は魔法でも使えるのかい？」

「先にお茶を頼む。走って喉が渇いた」

「……帰って早々、人使いが荒いな、君は」

外の喧騒をよそに、パチパチと薪から火が熾《おこ》る。

ぶつぶつ言いながらも、お茶の支度をしている辺り、ティナはダメ男製造機の素質があるのかも知れない。やがて湯が沸き、茶葉へと注がれた。

途端、殺風景な小屋の中に独特の香りが広がっていく。

「うん、これこれ。渋いけど美味いよな」

「……お褒めに与り、光栄だよ」

一郎は木の実を齧りながら、ダラリと椅子に腰掛ける。

外からは剣戟や様々な絶叫、魔物が上げる咆哮などが響き渡り、ティナは落ち着かない様子であったが、一郎は何処吹く風といった様子で茶を啜っていた。

「その刻印とやらのお陰で、こんな時でも茶を楽しめるな」

「……これを、そんな風に言ったのは君が初めてだよ」

ティナが被っていた帽子を脱ぎ、青い冠が露になる。青い光帯のようなもので編まれた、見る者を震わせるようなおぞましいデザインのものだ。

「どうせ下に降りようと思っていたんだ。ついでに、その五階層とやらにも行ってみよう」

「……この、鬼湧きの中をかい？」

「善は急げと言うからな。病魔が存在するなら、その根本から絶つべきだ」

一郎は何気なく口にしたが、鬼湧きの中を歩いていくなど自殺行為でしかない。

しかし、この男には自信があった。

先程見た魔物は、最下層で戦ったギガンテスより遥かに弱く、脆弱であると。

実際、この階層の魔物など、ギガンテスが一睨みしただけで震え上がるであろう。

それ程に、首領級の魔物とは別格なのだ。茶を飲み終えたのか、一郎がおもむろに立ち上がり、すぐさま出発しようとする。

――コマンド――

一郎は画面を呼び出し、改めて所持品の欄をチェックする。

そこには見慣れた剣と軍服などが並んでいたが、今回はそれが本命ではない。

（ここに道具を収納出来るのか、試してみよう）

壁にかけられていた弓を無造作に画面へ放り込むと、「森の弓」と表示され、見事に収納する事が出来た。アイテム名を選択すると、逆に弓を取り出せる。

一瞬で物を消し、取り出す姿にティナは目を白黒させた。

「……何だい、今のは？」

「まぁ、手品とでも思ってくれ」

言いながら、一郎は次々と役立ちそうなものを所持品の欄へと放り込んでいく。

ティナはおぼろげに何かの魔法か、魔道具であると察したが、本気で鬼湧きの中を出発しようとしていることに衝撃を受けた。

「……イチロー、正気かい？　それに、私が居ないと家が壊されてしまう」

「壊してしまえ、こんな場所は。いっそ、燃やすべきだ」

「……無茶な事を言うね、君は」

「こんな寂しい場所に、一人で住んでる方が無茶だろ」

その言葉にティナが俯き、両拳を強く握った。

彼女も、この場所に愛着がある訳でもなんでもない。

むしろ、辛い記憶しかない場所であった。一人になってしまった時は、家に火を点けて死のうとしたこともある。

逝ってしまった多くの人の無念を抱えながら、辛うじてここで生きてきたのだ。

「……図書館は、良いのかい？」

「そんなもんは後回しだ。本は逃げないしな」

食器や薬缶などにとどまらず、テーブルや椅子、果てにはベッドや布団まで何処かへ放り込んでいく姿に、ティナがとうとう笑い出す。

手品どころか、性質の悪い山賊か夜盗のようであった。

「……イチロー、私の下着まで盗むつもりかい？」

「それはお前が持ってろ！」

慌てたように叫ぶ姿に、ティナの笑いが大きくなる。

やがて奥の部屋へと入り、身支度を整えたティナが出てきた。

その手には、一本の松明《たいまつ》が握られている。

一郎はそれを見ても何も言わず、扉を開けて外へと出た。

ティナは一度だけ振り返り、目を閉じる。これまでの日々を振り返っているのか、先に逝った者たちに別れを告げていたのか。外へ出た二人は、無言でブルーハウスを見上げた。

深い森の中で、青く塗られた家は病的な何かを感じさせる建物である。在りし日は、ここで大勢の人間が暮らしていたのかと思うと、何とも言えないものがあった。

「……肩を寄せ合って、生きてきたんだ」

「そうか」

「……時にはヤケになったり、暴れたりする人も居たけれど」

「だろうな」

「……最後は、ここでも一人ぼっちさ」

松明を持って、ティナがブルーハウスに近寄っていく。

一郎も横に並び、共に松明を握った。

「……一緒に燃やしてくれるのかい？」

「あぁ、消し炭にしちまおう」

「……これで、私は家なき子になってしまうね」

「乞食が二人になるだけだ。気にすんな」

その言葉にティナがくすくすと笑い、何かの踏ん切りがついたのか、松明がいよいよ青く塗られた丸太に火を点けた。

乾燥した木は次々と燃え広がり、瞬く間に黒煙が立ち昇っていく。

「……燃えてるね」

「燃えてるな」

赤い炎が、青い家を燃やしていく――――

それは幻想的な光景でもあり、何かの始まりを告げているかのようでもあった。

「……さよなら、皆。さよなら、私の5年間」

最後に松明を放り込み、ティナは精一杯の笑みを浮かべる。

一郎はその頭にポンと手を乗せ、一度だけ撫でてやった。

しかし、そんな優しい時間はすぐに終わりを告げた。黒煙に引き寄せられたのか、無数の魔物が周囲から押し寄せてきたのだ。

あちこちから響き渡る絶叫や悲鳴。剣戟や魔物の雄叫び。階層そのものが燃え上がっているかのような地獄の有様であった。

ティナにはとても、この中を突破していけるような自信はない。

鬼湧きの際には魔物の凶暴性が増し、ティナであっても決して安全とは言えないのだ。

「……怖くない」

ティナはむしろ、ここで死んでも悔いはないと考える。

最期の瞬間を一人ではなく、共に誰かと迎えられるなら望外の喜びであると。

「……イチロー。君と一緒なら、死ぬのだって怖くない」

「誰が死ぬなんて言った」

ティナが振り返ると、一郎の体は目も眩むような光に包まれていた。魔物の群れでさえ、その輝きに気圧《けお》されるように後退っていく。

「死ぬってのはな、俺が一番嫌いな言葉だ――――ッ！」

眩い光が収束した後、そこに居たのはみすぼらしい格好をした男ではない。

純白の輝くような軍服を纏った――――王子が居た。

軍帽から覗くその容貌は、息を呑む程に美しい。

「イチロー、君は……ちょっ！」

ティナを小脇に抱え、一郎は極彩色の光を放つ星剣を手に走り出す。立ち塞がった魔物は、目にも留まらぬ速度で一瞬にして切り裂かれていく。

どれだけ強靱な魔物であっても、この剣の前では豆腐同然である。

「ティナ、どっちに行けば下に降りられるんだ？」

「む、向こうだよ……！」

雲霞のように押し寄せる魔物の群れの中を、一陣の流星が駆け抜けていく。

それは大海を真っ二つに切り裂いた、モーゼの奇跡のような光景であった。

「……イチロー、本気で五階層へ!?」

「あぁ、その亡霊とやらをぶっ飛ばしちまおう」

「私は……私は、本当に、生きていても良いのかい？」

ティナの両目から涙が溢れ出す。

何処へ行っても忌み嫌われ、避けられ、遂には一人になってしまったのだ。自分は、本当に生きていても良いのか？　これまで何度、反芻したことだろう。

だが、それに対する一郎の返答は力強いものであった。

「当たり前だろ！　そいつをぶっ飛ばして、全部終わりにしてやる――――！」


何百、何千と押し寄せる魔物の中を二人が駆け抜けていく。

冒険者として登録したばかりのルーキーが。

乞食のような風体をしていた男が。

やがて、「流星の王子様」として奇跡を起こしていくことになるのだが…………
それはもう少し、先の御話――

前日譚／止まった部屋

「山田、まだ生きているか？」

「勝手に人を殺すな」

白い病室で、二人の男が向き合う。

一人はベッドに仰臥《ぎようが》しており、その手には点滴が付けられている。鼻にも呼吸を補助するように、酸素を送る管が取り付けられていた。

男の名は山田一郎。じき、40の大台を迎える年齢になる。

一郎は学生時代、勉強こそ不得手であったが、スポーツは万能であり、コミュニケーション能力も高く、自然と周囲から頼られ、慕われる存在であった。

社会に出てからもそれは変わらず、典型的な陽キャラと言えたが、今は見る影もない程に衰えている。一方、見舞いにきた男は肩まで届くようなサラサラの長髪をしており、怜悧《れいり》な容貌を引き立てるような眼鏡をかけていた。

学者や科学者などを連想させる、知的な風貌だ。

男の名は山本次郎。一郎とは、正反対のキャラと言っていい。

「山田、今日も退屈しのぎにゲームを持ってきてやったぞ」

「ジロー、お前も飽きないな」

「その呼び方は止めろと言っているだろう。私が安っぽく見える」

一郎が薄く笑うも、その顔は驚くほどに透き通っていた。山本はその表情を見て思わず泣きそうになったが、俯いてその表情を隠す。

病人は、人の顔色に敏感なのだ。幸いなことに、一郎は何かを思い出そうとしているのか、山本が見せた僅かな反応に気付くことはなかった。

「確か……最初にやったのは、何だっけか……」

「む。貴様、あの傑作を忘れたのか……《山田の拳》だ」

「そうそう、そんなふざけたタイトルだった」

馬鹿げたタイトルに一郎が笑うも、肺の機能が低下しているのか、すぐに咳き込んでしまう。

先日、頭を切り開いて手術をした事もあって、昔の事を思い出すのに時間がかかるらしい。

「確か、核戦争後の地球を舞台にしたゲームだったか……」

「そうだ。主人公が拳一つで荒廃した世界を切り開き、救世主となる物語だ」

「懐かしいな。あいつには苦労させられた……」

頭に響く鈍痛の中で、一郎はそのゲームに出てきた敵を思い出す。

蒼き巨馬に跨った、とんでもない男を。

何度となく作中に現れては死闘を繰り広げ、中盤には主人公の味方となり、二人で世界中の悪党を薙ぎ倒しながら、遂には国を興すという爽快なストーリーであった。

「ジロー。お前、何を思ってあんなものを作ったんだ……？」

「友人の少ない貴様に、男同士の友情を教えてやろうと思ってな。後、ジローと呼ぶな」

「友達《ダチ》が居ないのはお前だろ。変人学者が」

「古来、天才とは孤独なものだ」

山本がニヤリと口元を曲げる。

人を見下すような嫌な笑みだが、一郎はその顔が嫌いではない。

その自信には裏付けがあり、彼は実際に天才と称していい実績も持っている。

「天災の間違いだろ。字が一つ違うぞ」

「全く、貴様の悪態は昔から一つも変わらんな。それがノーベル賞を授与された男に対する態度か？」

「何がノーベルだ。別にありがたくも何とも思ってないんだろ？」

「当たり前だ。私はアルフレッド・ノーベルを超えていく男なのだからな」

「頭をダイナマイトで吹き飛ばして貰え」

二人は暫く会話にもならない会話を続けていたが、一郎の疲労を見て取ったのか、山本はさり気なく病室を後にしようとする。

「山田、私はそろそろ行くが、早くそれをクリアしろ。次が控えているからな。その次も、だ」

「まだあんのかよ」

「まだまだあるさ。ずっと続く」

「ははっ……どんなクソゲーか楽しみにしているよ」

一郎はもう、病室の外に出る事が出来ない。

娯楽と言えば、精々がゲームくらいのものである。最初は退屈凌ぎにと渡したものであったが、今では切なる願いが籠められていた。

次を、次を、この先も、ずっと――――バトンのように渡し続けたいと。

山本が出ていくと、病室は途端に無音となった。

物音一つしない部屋に、点滴の滴だけが落ちていく。窓から外を見ると、建ち並ぶ高層ビルの間を電車が駆け抜けていた。

（今日も、良い天気だな……）

多くの人が、あの電車に乗っているのだろう。仕事に行くのか、遊びに行くのか、本を買いに行くのか、デートにでも行くのか、それとも、旅行にでも行くのか。

一郎は上半身を起こし、痛みを散らすように両手を動かす。

それだけで視界がグラグラと揺れたが、止まっていた血液が少しだけ動き出したような気がした。

窓から見上げた空は何処までも蒼く、ゆったりとした雲が流れている。
こうしている今も、色んな人が動いているのだろう。
世間も、世界も、毎日のようにその姿を変えていく。
この病室と、一郎を取り残して――

書き下ろしＳＳ　木漏れ日の下で

鬼湧きが発生する少し前――

忙しく働くティナを尻目に、一郎はのんびりとベッドに転がり、小屋の中を見回していた。壁には弓だけではなく、斧や鎌のようなものまで掛けられている。

「あれも手製か？」

「……カマツカの木を加工して作ったものさ」

「何だかオカマっぽい名前だな」

「……カマツカだよ。材木がとても固くて丈夫でね。生る果実もほんのり甘いんだ」

森の知識など欠片も持ち合わせていない一郎は、その説明を黙って聞く。

鎌の柄に使われる事から、その名前が付いたらしい。

「……そう言えば、そろそろ収穫の時期かな。君にも手伝って貰って良いかい？」

「先生、ゴロゴロしていたいです」

「……イチロー、働かざる者、食うべからずだよ」

（そういう所は日本風なのな……）

遥か年下の少女にジト目で見られ、居心地悪そうに一郎が立ち上がる。

小屋を出たティナは、周囲に広がる広大な森の中を迷わずに進んでいく。目を瞑っていても歩けそうな、まさに我が庭である。

「……あれは、ヤマモモだね」

「何か聞いた事のある名前だな」

ティナが慣れた手付きで果実を集め、水洗いした後に一郎へと手渡す。独特の酸味と甘味があり、ジャムや果実酒に使われる事も多い木の実だ。

「……イチロー、食べるといいよ」

「良いのか？」

「……ヤマモモは傷みやすくてね。早く食べた方が良いんだ」

「おっ……これは美味いな！　種がちょっと邪魔だけど！」

子供のようにはしゃぐ一郎を見て、ティナも微笑を浮かべる。ティナから見た一郎は摑みどころのない男であったが、少なくとも悪人ではないと判断しているのだろう。

「……こっちはコケモモさ」

「へー、これも美味いのか……って、すっぱっ！　何だ、これ！」

「……ダメだよ、イチロー。これは酸味が強いからジャムにするんだ」

「食ってから言うなっ！」

賑やかに森の中を進む二人であったが、他の者であれば、こうはいかない。この森の中には無数の魔物が徘徊しており、採取も命懸けなのだから。

しかし、気配こそするものの、魔物は決して近寄ってきたりはしなかった。

遠巻きに、警戒しているような素振りである。

一郎もあえて自分から動こうとはしなかった。下手に動けば、能力が発動して赤面ものの事態になりかねない。

「で、そもそも何を取りにきたんだ？」

「……この樹皮が欲しくてね」

ティナは赤い実を付けた木から樹皮を剝がし、丁寧に袋へと詰め込んでいく。

自然の中で生きている少女に、一郎は何だか圧倒されるような気分であった。現代ではコンビニやスーパーに行けば何でも手に入るため、森の中で何かを採取している人間などは殆ど居ない。

「それは何に使うんだ？」

「……これはクロガネモチの樹皮さ。とりもちを作ったり、煮出すと染料にもなる」

「へ、へぇ……」

森の中で一人で暮らすというだけでも大変であろうに、目の前の少女は狩猟を行い、罠や染料の類まで一人で作っているようであった。

一郎にはないバイタリティであり、生活力である。

「……この森には鳥も多くてね。雉や鶴、鴨や雁、全て貴重な肉さ」

「そ、そうか……」

発作的に一郎は食いたいと思ったが、それらを狩る術など知る由もない。

ティナの仕掛ける罠に、期待するしかないあろう。

「何と言うか、お前は偉いな」

「……偉い？　ここでは、普通の事さ」

一郎は末期状態にあった自分の姿を思い出し、目を伏せる。

あの頃にはもう、一人で立ち上がる事すらできず、普通に日常を生きていく事すら夢であった。病が原因であったとはいえ、人の手を借りなければ生活出来なかった自分と、目の前の少女をどうしても比べてしまうのだ。

「俺も、何か手伝おう」

「……おや、急に労働意欲に目覚めたのかい？」

ティナはくすくすと笑いながら、一郎の危なっかしい手付きに目をやる。何年も一人で暮らしてきたティナからすれば、誰かと共同で作業しているだけで、楽しそうな素振りであった。

「で、このクガネモチって実は美味いのか……って、苦っ！　まずっ！」

「……うん。この実は苦くて、とても食べれたものじゃないんだ」

「だから、食う前に言えっ！」

「……イチロー、こっちの実はヒョウタンボクと言ってね」

「今度こそ、美味いんだろうな……？」

「……いや、トリカブトに並ぶ毒性を持っているんだ。でも、食いしん坊の君なら」

「食わねーよ！　普通に死ぬわっ！」

大騒ぎしながらも無事に採取を終え、二人が小屋へと向かう。

その間も、決して魔物は近寄ってこず、森の中は酷く静寂であった。一郎はその事が気になっていたが、ティナが何も言わないのであえて話題に出さずにいた。

「……それじゃ、戻ろうか」

「口の中がまだ苦いんだが……？」

「……しょうがないな、君は」

苦笑しながらも、ティナは水の入った革袋を差し出してくれた。

一郎が遠慮なく水を飲んで返すと、ティナも革袋に口を付け、喉を潤す。

「お前……」

「……どうしたんだい？」

「いや、何でもない」

ティナぐらいの年齢なら、間接キスなどが気になる年頃の筈であったが、まるで気にした素振りすらなかった。

その警戒心のなさに、一郎の方が心配になってしまう。思えば、家にも簡単に一郎を招きいれてしまっている。

（こいつ、妙な男に騙されたりしないだろうな……）

柄にもなく、一郎はそんな事を思ったが、何の事はない。この男こそが妙な男の代表であり、これ以上に変な男など、全世界を見渡しても存在しないであろう。

そんな心配をよそに、ティナは巨木の付け根に駆け寄ると、一匹の獲物を掲げた。

「……見て、イチロー。砂リスが罠にかかっていたよ」

ティナが手にしているのは、下層でピコが調理してくれた小動物であった。肉こそ美味かったが、嫌な思い出もぶり返し、一郎の胸に嫌な予感がよぎる。

「先に言っておくが、目玉は食わないぞ」

「……どうしてだい？　砂リスの目玉には豊富な栄養が」

「あーあー聞こえなーい！」


ティナの声を遮るように、一郎が耳を塞ぐ。

そんな姿を見て、くすくすとティナが笑う。

毒気のない笑顔を前に、一郎も降参したように肩を竦め、小さく笑った。

後に大英雄と呼ばれ、全階層を流星のように駆け抜けていく男の、貴重で、平和な一日であった。

あとがき

はじめまして、作者の神埼黒音と申します。

この度は「流星の山田君」を手に取って頂き、誠にありがとうございます。

最初から最後まで、ハチャメチャな物語だったと思いますが、楽しんで頂けたのなら幸いです。

この物語では、主人公は流行の異世界に、それもイケメンの王子となって登場してくるのですが、ちっとも羨ましく思えないのは何故なんでしょうかね……。むしろ、七回生まれ変わってもこいつの立場にだけはなりたくないな、とすら思えてくる程です（笑）

今作はＷＥＢにも投稿していた作品なのですが、完全に一から書き直し、別物として出させて頂くことにしました。新しいキャラクターも濃い面々でしたが、笑って頂けたのなら幸いです。

ここからは少し、私談となるのですが――

私は今作の他に、「魔王様、リトライ！」という作品を出版しているのですが、この度、そちらの方がアニメ化する事になりまして。

この本が出版される頃には、世間にも公表されている事でしょう。

２０１９年に放送予定となっていますので、控え目に言っても絶賛、修羅場なう、であります。なう、などという死語がサラリと飛び出すくらいには大変でして……。

そんな私の下には時に、「ラノベ作家になりたいんです！」「どうやったらなれますか？」など、命知らずとしか思えない質問が来るのですが、何処かの少年探偵風に言うなら真実は一つです。

おい、馬鹿、やめろ――――！

この一言に尽きます。

貴方が学生さんならまだしも、私のように社会人だったら確実に死にますよ。過労死どころか、あの世に逝ってからでも作業が待っている事でしょう。

今作の一郎も何だかんだと強制的に働かされ、ラストの場面では更に大きな戦いへと挑んでいくシーンで終わりを迎えていますが、私も似たような心境であります。

こうなったらもう、見えない明日に向かって叫ぶしかありません。

「頑張れ、一郎！　負けるな、一郎！　私の分も働いてくれ！　イティロォォォォォォー！」

……………はい、叫んでみたかっただけです。

最後になりますが、関係者の皆様に謝意を。

こんな破天荒な作品にいち早く声をかけて下さった編集の筒井さん、許可を出して下さった編集長の稲垣さんには感謝の気持ちで一杯です。

稲垣さん、またお酒を奢っ……ゲフンゲフン。
そして、素敵なイラストを描いて下さった姐川さん、本当にありがとうございました！
では皆さん、また何処かでお会いしましょう！

『流星の山田君』あとがき

今回「流星の山田君」のイラストを担当させて頂いた
姐川（そがわ）と申します。
私の描いたものが、少しでも「流星の山田君」の世界
を表現できていたら幸いです。
関わった全ての方に感謝を。ありがとうございました。

※QRコードは掲載サイト「小説家になろう」の作品ページへリンクされています

新作のご案内

二度転生した少年はSランク冒険者として平穏に過ごす ～前世が賢者で英雄だったボクは来世では地味に生きる～ （著：十一屋 翠　イラスト：がおう）

「……ちょっとまった。あのドラゴン、お前さんが狩ったのか？」

「はい！　町に来る途中で狩りました！」

「そうです！」

「……やっぱりドラゴンかー。ワイバーンには見えないもんなー」

どうしたんだろう？　試験官さん、なんだか凄い汗をかいてるぞ？

「では試験を……」「合格っ!!　冒険者試験合格!!」

「……ええっ!?」

英雄と賢者という二つの前世の記憶を持って生まれた少年レクスは、前世で憧れていた冒険者となり、地味な生活を満喫していた。

ただし、自分の活躍が『滅茶苦茶派手』という事に気づかずに……。

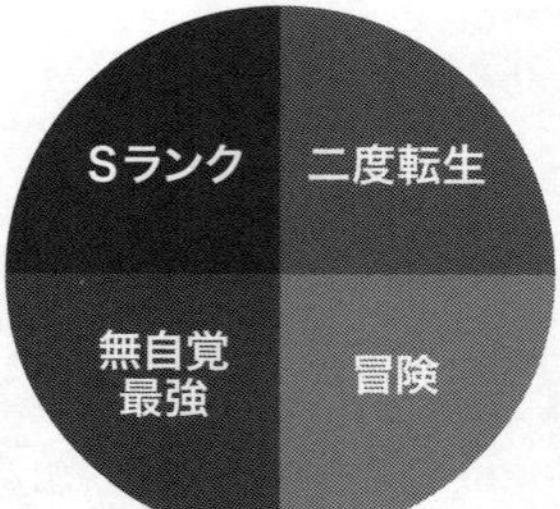

流星の山田君　―PRINCE OF SHOOTING STAR―（著：神崎黒音　イラスト：姐川）

若返った昭和のオッサン、異世界に王子となって降臨――！　不治の病に冒された山田一郎は、友人の力を借りてコールドスリープ治療を受けることに。

一郎が寝ている間に地球は発達したＡＩが戦争を開始し、壊滅状態に。

たゆたう夢の中で、一郎は願う。来世では健康になりたい、イケメンになりたい、石油王の家に生まれたい、空を飛びたい！　寝言は寝てから言え、としか言いようがない厚かましい事を願いまくる一郎であったが、彼が異世界で目を覚ました時、その願いは全て現実のものとなっていた。

一郎は神をも欺く美貌と、天地を覆す武力を備えた完全無比な王子として目覚めてしまう。

意図せずに飛び出す厨二台詞！　圧巻の魔法！　次々と惚れていくヒロイン！　本作は外面だけは完璧な男が、内側では羞恥で七転八倒しているギャップを楽しむコメディ作品です。ＷＥＢ版とは違い、１から描き直した完全な新作となっております。

平凡な日本人である一郎が、異世界を必死に駆け抜けていく姿を楽しんで頂ければ幸いです！

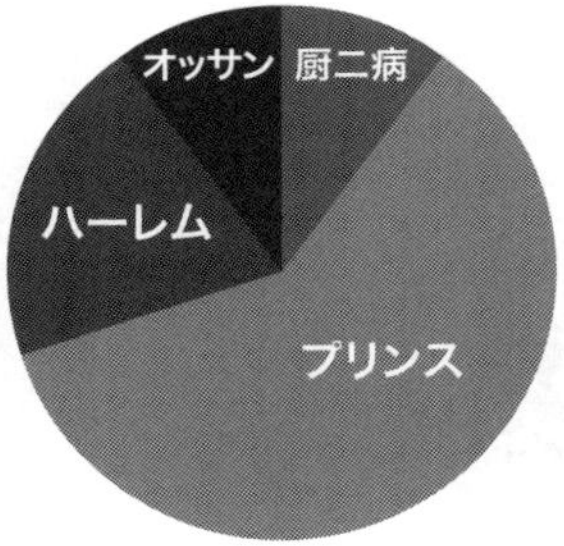

最強パーティーの雑用係～おっさんは、無理やり休暇を取らされたようです～（著：peco）

「クトー。お前、休暇取れ」「別にいらんが」

クトーは、世界最強と名高い冒険者パーティーの雑用係だ。しかもこのインテリメガネの無表情男は、働き過ぎだと文句を言われるほどの仕事人間である。

当然のように要請を断ると、今度は国王まで巻き込んだ休暇依頼、という強硬手段を打たれた。

「あの野郎……」

結局休暇を取らされたクトーは、温泉休暇に向かう途中で一人の少女と出会う。

最弱の魔物を最強呼ばわりする、無駄に自信過剰な少女、レヴィ。

「あなた、なんか弱そうね」

彼女は、目の前にいる可愛いものを眺めるのが好きな変な奴が、自分が憧れる勇者パーティーの一員であることを知らない。

一部で『実は裏ボス』『最強と並ぶ無敵』などと呼ばれる存在。

そんなクトーは、彼女をお供に、自分なりに緩く『休暇』の日々を過ごし始める。

領民0人スタートの辺境領主様（著：風楼　イラスト：キンタ）

長きに渡る戦乱の中で活躍し、英雄と呼ばれた男が手に入れたのは、見渡す限りに何も無い、草以外に何も無い……ただ広いだけの草原だった。

その草原には人影は無く、人影どころか人工物すらも無く……男は食料も水も金も持たず、仲間も領民も無いままに、呆然と一人、立ち尽くす。

人は言う、これは栄達である。

人は言う、これは厄介払いである。

そんな状況でも腐らず諦めない男、ディアスは、状況を少しでも良くしようと動き始め……そうして一人の少女と出会う。

少女の名はアルナー。銀髪紅眼の彼女の額には、青く輝く一本の角が生えていて――。

ディアスとアルナーの出会いをきっかけに物語は動き出し、誰もいなかったはずの、何もなかったはずの草原に多種多様な人が集まり始めて……一つの村が出来上がっていく。

これはそんな新米領主の日々を綴った剣と魔法の世界の物語である。

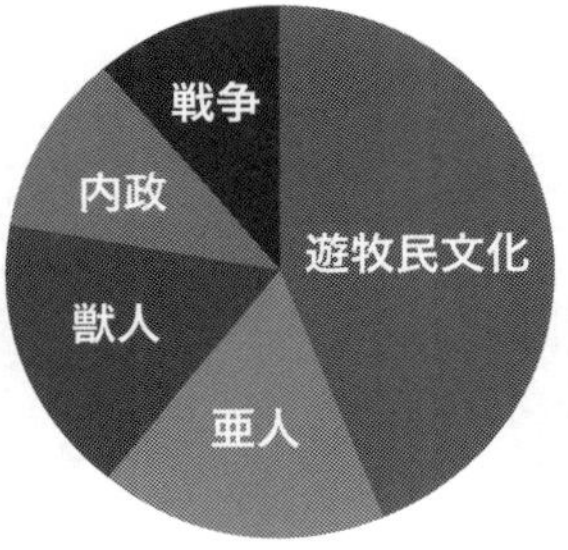

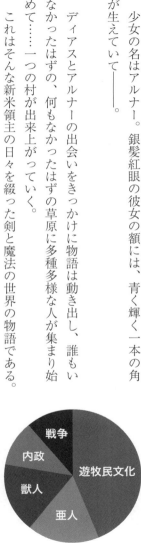

善人のおっさん、冒険者を引退して孤児院の先生になる ～エルフの嫁と獣人幼女たちと楽しく暮らしてます（著：茨木野　イラスト：ヨシモト）

「おめーらこんちゃー、です！　ぼくはキャニス！」

「へろー、あいむコン。みーたち獣人ぷりてーとりおだよ」

「きょ、きょうはラビたちが、この作品の、えと、面白いとこを紹介するのですっ」

「ぼくはにーちゃんが色んなものを作れるのがすげーおもれーと思うです！」

「主人公のにぃは物をコピーして何でも作れる能力がある。なにそのチート」

「たべものとか、塩とか、とにかく何でも作れてとってもすごいのです！」

「あとエルフのコレット先生と、にぃとのらぶすとーりーもみのがせないね。おっとおこちゃまには刺激が強いかな」

「おめーも子供です……って、そろそろページがやべーです!!」

「では最後に、どくしゃさーびすで、なんとラビがぬぎます」

「は、はわわ！　そんなことできないのです……」

「うそぴょーん」「コンちゃんー！」

「そんなわけでみんな本を買ってくれや、です！」

「み、みなさんまたなのですー！」

「つづきはうぇぶで、じゃなくて本で。しーゆー」

平穏を望む魔導師の平穏じゃない日常 ~うちのメイドに振り回されて困ってるんですけど~ （著：笹塔五郎　イラスト：竹花ノート）

彼の名前はフエン・アステーナ。

目が覚めたら五百年もの時が経過していた――そんな彼にも相棒と呼べる存在がいる。

「そして私の名前はレイア。マスターの最愛の人です」

「急に出てきたね！　しかも最愛を名乗るの!?」

「いけませんか？」

「いや、急だったから……」

「イケマセンカ？」

「怖いから！　べ、別に名乗るのはいいけど」

「マスターの許可が下りたので婚姻届を出しに行きましょう」

「え、どういう流れでそうなるの!?」

「マスターならば私の気持ちが理解できると思っていたのに……」

「いやいや！　色々と急過ぎて理解できないだけで……」

「女の子みたいな見た目をしているのに？」「関係なくない!?」

フエンの日常は、自身の作ったはずの魔導人形《メイド》にいじられる日々になっていたのだった。

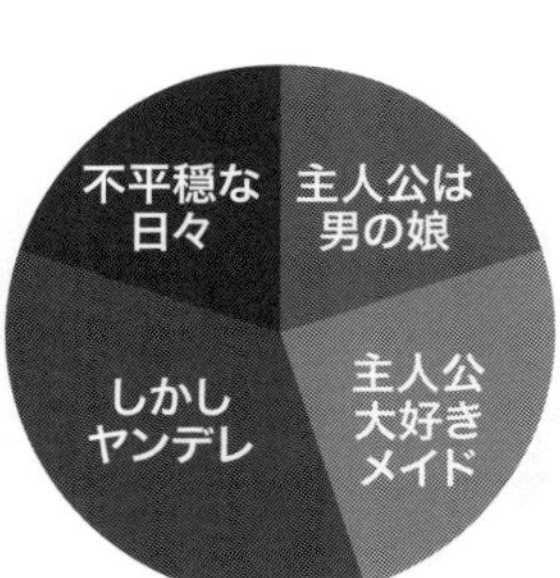

EARTH STAR NOVEL

流星の山田君 —PRINCE OF SHOOTING STAR—

発行 ———— 2018年10月16日　初版第1刷発行

著者 ———— 神埼黒音

イラストレーター ———— 姐川

装丁デザイン ———— シイバ ミツヲ（伸童舎）

発行者 ———— 幕内和博

編集 ———— 筒井さやか

発行所 ———— 株式会社 アース・スター エンターテイメント
〒141-0021　東京都品川区上大崎 3-1-1
目黒セントラルスクエア　5F
TEL：03-5561-7630
FAX：03-5561-7632
http://www.es-novel.jp/

印刷・製本 ———— 中央精版印刷株式会社

ISBN 978-4-8030-1223-1